布鲁斯特的百万横财

BREWSTER'S MILLIONS

[美]乔治·巴尔·麦卡奇翁 著
刘国伟 译

陕西師範大學出版总社

图书代号：WX19N0920

图书在版编目（CIP）数据

布鲁斯特的百万横财 /（美）乔治・巴尔・麦卡奇翁著；刘国伟译 . — 西安：陕西师范大学出版总社有限公司，2019.8

ISBN 978-7-5695-0724-9

Ⅰ. ①布…　Ⅱ. ①乔…　②刘…　Ⅲ. ①长篇小说－美国－现代　Ⅳ. ① I712.45

中国版本图书馆 CIP 数据核字（2019）第 079504 号

布鲁斯特的百万横财

BULUSITE DE BAIWAN HENGCAI

[美] 乔治・巴尔・麦卡奇翁　著　刘国伟　译

出 版 人　刘东风
责任编辑　王西莹
策划编辑　海　莲　万铁群
封面设计　王　鑫
出版发行　陕西师范大学出版总社
（西安市长安南路 199 号　邮编 710062）
网　　址　http://www.snupg.com
印　　刷　涿州汇美亿浓印刷有限公司
开　　本　620mm×889mm　1/16
印　　张　14
字　　数　115 千
版　　次　2019 年 8 月第 1 版
印　　次　2019 年 8 月第 1 次印刷
书　　号　ISBN 978-7-5695-0724-9
定　　价　49.00 元

目录

第一章　生日晚宴 /001

第二章　阿拉丁的阴影 /006

第三章　格雷夫人和格雷小姐 /010

第四章　第二份遗嘱 /017

第五章　来自琼斯的消息 /024

第六章　蒙提·克里斯托 /034

第七章　机智的教训 /042

第八章　机不可失 /046

第九章　爱和职业拳击 /052

第十章　金融界的拿破仑 /058

第十一章　抱薪救火 /064

第十二章　圣诞节的绝望 /072

第十三章　患难见真情 /077

第十四章　德米勒夫人的款待 /082

第十五章　直接一刀 /089

第十六章　阳光明媚的南方 /098

第十七章　新　手 /105

第十八章　海上浪子 /111

第十九章　一个“英雄”和另一个英雄 /116

第二十章　国王找乐子 /121

第二十一章　仙　境 /129

第二十二章　王子和乡巴佬 /135

第二十三章　求　婚 /141

第二十四章　酋长的策略 /147

第二十五章　营救佩吉 /156

第二十六章　哗　变 /162

第二十七章　一个相当不错的叛徒 /168

第二十八章　灾　难 /175

第二十九章　浪子归来 /181

第三十章　节俭的承诺 /187

第三十一章　百万财富的消失 /192

第三十二章　前　夜 /199

第三十三章　琼斯的逃走 /205

第三十四章　最后的话 /211

第一章
生日晚宴

“富人家的小儿子们”聚在佩廷吉尔工作室的长桌周围。除了布鲁斯特，还有九个人在场。他们都很年轻，多少有些进取心，前程远大，坚信未来会更好。他们中大多数人的姓氏在纽约的历史上都是响当当的。说真的，他们中有一个人曾经说：“一个人要想出名，得有条街以他的名字命名。”由于他是新来的，他们叫他“萨博威”。

在这群人里，最受欢迎的是年轻的蒙提·布鲁斯特。他个子高，腰板儿直，脸刮得干干净净。为此，人们称他“外表整洁”。上了年纪的女人对他感兴趣，因为他父母曾经为爱而私奔；城里七十岁以上的老人也对此津津乐道，但是这件事从来没有得到原谅；俗气的女人对他感兴趣，因为他是埃德温·彼得·布鲁斯特唯一的孙子。埃德温曾多次成为百万富翁，而蒙提几乎肯定是他的继承人，这样一来，埃德温就不会随意把财产捐赠给慈善组织了。年轻姑娘对他感兴趣，原因则清晰、简单得多：她们喜欢他；男人们也喜欢蒙提，因为他是个愿赌服输的好赌徒，是男人中的男人，比较有自尊心，不太讨厌工作。

双亲去世时，蒙提还是个孩子，也许是为了弥补长期的冷酷无情，他爷爷将他接到了自己家中，并且以他所认为的慈爱态度照顾蒙提。然而，在大学毕业并在欧洲待了几个月后，蒙提更希望独立生活。年迈的布鲁斯特先生给他在银行里找了个差事，但除了此事，以及偶尔的共进晚餐外，蒙提没有寻求过照顾，也没有得到过照顾。那份工作有个问题，就是活儿累，报酬低。他靠自己的薪水生活，因为他不得不这样。但是，他并不怨恨他爷爷的态度。他宁可用他自己的方式花他所谓的“微薄的薪水”，也不愿意为了挣得更多，天天和一个忘了自己也曾年轻过的老人共进晚餐。他说，这样不会太令人厌烦。

在“富人家的小儿子们”中，生日总是享用美食的场合。桌子上放满了从底层法国餐馆送上来的美味佳肴。男人们把椅子往后一推，点上香烟，跷起了二郎腿。接着，佩廷吉尔站了起来。

“先生们，”他开口说道，“我们聚在这里，是为了庆祝蒙哥马利·布鲁斯特先生的二十五岁生日。我提议大家和我一起干杯，祝他长命百岁，一生幸福。”

“一滴酒都不能剩！”有人喊道。“布鲁斯特！布鲁斯特！”所有人都喊了起来。

因为他是个挺好的人，

因为他是个挺好的人！

突然，门铃响了，打断了他们的情感流露。大家都觉得这非常蹊跷，于是纷纷起身。

“是警察！”有人说。所有人都把脸转向了门。一个服务员站在那里，不知道是该转门把，还是推门闩。

“该死的玩意儿！”理查德·凡·温克尔说，“我想听布鲁斯特讲几句！”

“讲几句！讲几句！”大家随声附和，并重新坐在了自己的座位上。

“蒙哥马利·布鲁斯特先生。”佩廷吉尔说。

门铃又响了，响声又长又大。

“又来人了。我敢打赌街上有一支巡逻队。”奥利弗·哈里森说。

“如果只是警察，就让他们进来吧，”佩廷吉尔说，“我觉得是个讨债的。”

服务员打开了门。

“先生，有人想见见布鲁斯特先生。”服务员说。

“她漂亮吗，服务员？”麦克劳德问。

“那个人自称是艾利斯，是从你爷爷家来的，先生！”

“代我向艾利斯问好，并让他告诉我爷爷，银行下班了。我明天早上去见他。”布鲁斯特先生说。由于同伴开的玩笑，他脸红了。

“爷爷不希望他的蒙提天黑后还待在外面。”“萨博威”·史密斯一边笑，一边说。

“老先生还派人带着婴儿车来找你，想得太周到了。”佩廷吉尔高声说。人们哄堂大笑。“给他说，你喝过奶了。”麦克劳德补了一句。

“服务员，告诉艾利斯，我现在没时间见他。”布鲁斯特说。

艾利斯坐电梯下楼时，他们大笑起来。

“现在，该布鲁斯特说两句了！布鲁斯特！”

蒙提站了起来。

“先生们，你们刚才好像忘了，我现在已经二十五岁了，你们的话很幼稚，与我这个年龄应有的尊严不相称。从我的交友之道不难看出，我还是有判断力的。从我爷爷臭名昭著的财富不难看出，我配得上你们的尊重。你们为我的健康干杯，祝我长命百岁，我深感荣幸。现在，我请你们都站起来，为‘富人家的小儿子们’干一杯。愿上帝保佑我们！”

一个小时后，在佩廷吉尔跑调儿的小提琴的伴奏下，“雷普”·凡·温克尔和“萨博威”·史密斯唱起了“告诉我，漂亮的姑娘”。门铃再次响起，干扰了他们的合作。

“看在老天的份儿上！”哈里森喊道。他之前一直对着佩廷吉尔的人体模型，唱着“我爱你，连同你的瑕疵”。

“和我一起回家，孙子，现在就跟我走。”“萨博威”·史密斯暗示。

“告诉艾利斯，让他去哈利法克斯。”蒙哥马利说。艾利斯再次坐着电梯下楼了。他那张通常情况下毫无表情的脸上露出了焦虑的神色。接着，他又一边开始上楼，一边犹豫不决地摇了摇头。最后，他坐上了一辆马车，不情愿地把那群寻欢作乐的家伙们抛到了身后。他知道那是一场生日宴会，而现在才夜里 12 点半。

到了凌晨 3 点，电梯再次来到顶层，艾利斯快步走向了那个不友好的门铃。这一次他表情坚定。歌声戛然而止。片刻安静之后，屋里响起了一阵笑声。

“进来！”一个亲切的声音叫道。艾利斯迈着坚定的步伐走进工作室。

“你刚好赶上喝一杯‘睡前酒’，艾利斯。”哈里森一边喊，一边快步走到服务员身旁。艾利斯面无表情地看着这个年轻人，举起了手。

“不了，谢谢你，先生。”他恭敬地说，“蒙哥马利先生，要是你原谅我突然闯进来，我想告诉你我今晚带到这里的三个消息。”

“你真可靠呀，老兄，”“萨博威”·史密斯口齿不清地说，“要是我是捎口信儿的，我就会拖着，直到凌晨 3 点才来，不管是谁。”

“蒙哥马利先生，我 10 点就来了，捎来了布鲁斯特先生的口信儿，他祝你生日快乐，还让我带给你一张 1000 美元的支票。这就是支票，先生。如果你方便的话，先生，我就原原本本地把布鲁斯特先生的话讲给你听。12 点半，我带来了高尔医生的口信儿，他已经被请到了家里，先生。”

“请到了家里？”蒙哥马利倒吸了一口气，脸色变白了。

“是呀，先生。布鲁斯特先生在 11 点半突发心脏病，先生。医生派我来通知你，先生，他已经命悬一线。我带来的最后的口信儿……”

“天啊！”

“这次我带来的是管家罗尔斯的口信儿。先生，如果你可以的话，他请你立即前往布鲁斯特先生家。我的意思是，如果你愿意的话，先生。”艾利斯打断了他的话，声音里有些歉疚。接着，他目不转睛地凝视着默不作声的“儿子们”的头，有些感慨地补了一句：

“布鲁斯特先生去世了，先生。”

第二章

阿拉丁的阴影

蒙哥马利·布鲁斯特再也没有“希望”了。人们现在无法指着他说，他将来会成为百万富豪，或两百万富豪。就像奥利弗·哈里森说的那样，他已经“是”了。在他爷爷下葬两天后，一份遗嘱被宣读。不出所料，为了补偿罗伯特·布鲁斯特夫妇遭受的艰难困苦，老银行家将100万美元留给了他们的儿子蒙哥马利。这些钱是蒙哥马利的，不附带任何限制、劝诫、障碍。关于继承人如何处理这笔钱，遗嘱没有提出建议。老银行家以前对他进行的商业训练就是遗嘱中没有言明的条件。老银行家相信，就他在生活方面对蒙哥马利的期盼而言，他已经给蒙哥马利灌输了一种明白无误的观念。如果蒙哥马利没有照办，那么他将独自承受厄运。路已经为他铺好，一长串路标在他身后延伸。路标上的简明指示也许会被忽视，但永远不会被忘记。在立遗嘱时，埃德温·彼得·布鲁斯特显然有着明智的信念。他认为，他必须在别人拥有他的钱财之前死去。一旦死了，再去担心受益人选择以何种方式处理他们自己的事情，未免有些愚蠢。

第五大街的房子和一两百万美元归了布鲁斯特老先生的一个妹妹。剩余的财产被分给那些想拥有它的亲戚，以免它落入“无人认领财富之家”。布鲁斯特老先生把他的身后事安排得井井有条。遗嘱指定杰罗姆·巴斯柯克为执行人，并最后指示他在遗嘱被查验后的次日，按照遗嘱第四条的规定，把价值 100 万美元的有价证券转交给蒙哥马利·布鲁斯特。就这样，在 9 月 26 日这天，年轻的布鲁斯特先生拥有了一笔被强加给他的无条件限制的财富，只是附在它上面的一小片黑纱丧章增加了它的重量。

自从爷爷去世后，蒙哥马利一直待在第五大街昏暗的布鲁斯特老宅里。他匆匆地回过两三次格雷夫人家的那些房间，他曾经把那里当作了他的家。死亡的阴影依然笼罩着第五大街上的那栋房子，它的寂静、稍显隐秘的氛围使他渴望更令人开心的友谊。他想知道，财富是否总是带着晚香玉的幽香。它的浓烈和奇异缠着他不放，让他感到不快。他对那个冷酷的、已经死去的老独裁者并没有多少感情，然而他的爷爷的确曾经是个男子汉，赢得过他的尊敬。不去想他的爷爷似乎有些冷酷，这就像在曾经对他很好的导师的坟墓上跳舞。他厌恶那些轻拍他的后背的朋友的态度，厌恶那些向他表示祝贺的报纸的态度，厌恶那些预料他会笑逐颜开的人们的态度。这就像一出悲喜剧，受到了一张表情严厉的死人脸的困扰。他也被回忆所困扰，被一种对自己那愚蠢的草率行为产生的强烈懊恼所困扰。有时候，就连财富本身也压迫着他，让他感到一种莫名的忧伤。

然而，那种状况得到了补偿。有那么几天，当艾利斯在早上 7 点叫他时，他会回应艾利斯，并感谢财富让他早上不用到银行上班了。美美地多睡一个小时似乎是财富带来的最大外快。他最初被早上送来的邮件逗乐了，因为自从报纸把他的幸运公之于众，信件就像洪水一样向他涌来。来自公共或私人慈善机构的请求自然少不了，不过，大多数给他写信的人都还不赖，看起来他们一心只考虑了布鲁斯特的利益。一连三天，他都迷惘得无药可救。记者、摄影师拜访了他。一些头脑灵活的陌生人也拜访了他，他们好心地提议把钱投给前景光明的企业。他要么忙于婉拒科罗拉多的一座金矿，它价值 500 万美元，标价却只有 450 美元；要么忙于避开一个诚实的发明家，那人愿意以 300 美元的价格出让一种神奇装置的秘密；要么忙于否认他已经被提名为第一国民银行主席的报道。

有一天，奥利弗·哈里森一大早就把他吵醒了。睡意未消的百万富翁揉着眼睛，仍在躲避着梦中的一个无政府主义者从床柱顶部投掷下来的炸弹。奥利弗以兴奋、亲密的口吻敦促他抓住时机，并且为可能出现的违背承诺的案子做准备。布鲁斯特坐在床边，听奥利弗讲了几个可怕的故事。故事说的是有些女人没良心，卷走了天真甚至虔诚的男人的钱。在浴室喷溅的水花中，布鲁斯特请求奥利弗与他形影不离，以防他受到敲诈。

银行的董事们聚到一起，通过了哀悼他们已故主席的决议，把领导权交给了第一副主席，然后立即休会了。让蒙提进入董事会的问题也被摆上桌面，讨论了一番，但这个问题最后被留给了时间。

普伦蒂斯·德鲁上校是其中的一个董事，也是经常见诸报端的“铁路大亨”。他已经表现出了对年轻的布鲁斯特先生的喜爱，蒙提也是他家的常客。德鲁上校称蒙提为“我亲爱的小伙子”。蒙提则把他称作“一个挺好的老家伙”，只是不当着他的面这么称呼他。但是，他们之间之所以有这样的感情，也许是因为芭芭拉·德鲁小姐的存在。

在开会的那个下午，离开会议室时，德鲁上校走到蒙提面前。蒙提已经通知银行的官员，说他要离职。

“啊，我亲爱的小伙子，”上校一边说，一边亲切地和蒙提握手，“现在你有了一个展示才能的机会。你有一笔钱。只要精明，你应该能让它翻三番。如果我哪里能帮到你，尽管来找我。”

蒙提向他表示了感谢。

“想着法子花你的钱的人少不了，会让你烦死，”上校接着说，“别听他们的话。慢慢来。你会有新机会，这辈子每天都能挣到钱，所以不要急。要是我够聪明，躲开那些怂恿者，我早就富了。他们都想从你那里搞一些钱去花花。把眼睛瞪大，蒙提。年轻的富豪一向都是让人嘴馋的肥肉！”他想了一会儿，然后说：“你明天晚上不来和我们一起吃顿饭吗？”

第三章

格雷夫人和格雷小姐

格雷夫人住在第四十大街。这些年来，蒙哥马利·布鲁斯特一直把她那栋安静、老式的房子当成自己的家。那栋房子曾经是格雷夫人爷爷的，是城里那一带建得比较早的几栋房子之一。她在那栋房子里出生，在它古色古香的客厅里结婚，她的豆蔻年华、短暂的婚姻生活、寡居的日子都和它有关。格雷夫人和蒙哥马利的母亲曾经既是同学又是玩伴，关系一直不错。当年迈的埃德温·彼得·布鲁斯特想找个地方安置他父母双亡的孙子时，格雷夫人请求让她来照顾那个小家伙。蒙提比她女儿玛格丽特大三岁，两个孩子一起长大，亲如兄妹。布鲁斯特先生在抚养蒙提上很舍得花钱。蒙提上大学时出手阔绰，到了让老先生为自己的慷慨感到吃惊的地步。蒙提虽然暂时不用在格雷夫人家的套间了，但保留着它，付给格雷夫人的租金依然不少。埃德温·彼得·布鲁斯特对此没有任何抱怨。他虽然冷酷，但不吝啬。

对格雷夫人来说，做到收支相抵是件难事。第四十大街的房子是她仅有的财产。她丈夫死时几乎没有给她留下什么钱。他的投资不成功，败光了她从她已故的父亲梅里韦瑟法官那里得到的一切。多年以来，她一直顺利地保有着那栋老房子，靠教法语和英语把玛格丽特拉扯大。玛格丽特被送到哈德逊一家不错的老式寄宿制学校读书，学业有成，可以帮助她母亲维持生计，提高生活水平。玛格丽特朋友不少，但单单自尊心就不允许她接受他们的接济。她漂亮、活泼、开朗，不知道与生俱来的贫穷为何物。她的心灵像 5 月的清晨那样明媚、欢快。她以苦为乐，从来没有人怀疑她有过哪怕片刻的气馁。

布鲁斯特如今撞了大运，而他觉得最快乐的事情莫过于和她们分享它。他觉得，走进那间小小的客厅，从容地把一大笔钱当作她们自己的放在她们面前，这再自然不过了，应该没有什么障碍。但是，他知道，障碍是有的。送给格雷夫人这样一份礼物会伤害她们从几代以自力更生为傲的人那里继承来的自尊心。她们用那栋房子做抵押，借了一笔款，数额虽然不大，也就两三千美元，但还起来也是很困难的。布鲁斯特试图找个办法，既能把那笔借款承担下来，又不至于给她们造成深刻、持久的冒犯。他脑子里冒出了不少草率的想法，但很快又否定了它们，因为他不想冒犯那两个对他来说非常重要的女人，而托词和借口又实在难找。

离开银行后，他坐上电车，匆匆赶往第四十大街和百老汇。然后，他又着急地走下电车，进入了第四十大街。虽然他的口袋似乎突然鼓了起来，里面藏着一卷整整齐齐的钞票，但他还没有达到瞧不起电车的程度。当蒙哥马利来到那栋房子跟前时，老亨德里克正在扫人行道上的落叶。老亨德里克是个忠实的仆人，服侍过两代人。

“你好，亨德里克，”蒙哥马利愉快地打了个招呼，“你扫的树叶还真不少。”

“那又怎样？”亨德里克回答道。他仍在工作，甚至连头都没抬。他一向话不多。

“格雷夫人在家？”

亨德里克“嗯”了一声，表示在家。

“你还是像以往那样说个没完，亨德里克。”

亨德里克只是点了点头。

布鲁斯特用他自己的钥匙开了门，进到里面。他把帽子扔到一把椅子上，然后不拘礼节地快步走进书房。玛格丽特靠窗坐着，膝上放着一本书。这些天来，他第一次从她的笑容里看到了真诚的友谊。她握着他的手，淡淡地说：“我们乐于欢迎浪子回家。”

“我想的更多的是你们给我接风洗尘。”

他刚开始的拘谨已经消失了。

“我想到了那一点，可我不敢说，”她大笑起来，“对富亲戚一定要客气。”

“去你的富亲戚吧，佩吉。我要是觉得这笔钱会造成隔阂，我就会立即放弃它。”

“胡扯，蒙提，”她说，“它怎么可能造成隔阂呢？不过你得承认，这挺让人吃惊的。星期六晚上，我们小时候的朋友带着他提前两个星期支取的薪水，离开了他简陋的小窝，等到他下个星期四回来时，却成了一个让人头晕目眩的百万富翁。”

“不管怎么说，我都已经开始头晕目眩了，这倒挺让我高兴的。要装得像模像样，估计很难。”

“好吧，我没觉得你有多大变化。”她的声音微微颤抖。虽然她在阴影里，但他还是看到她深陷的眼窝里有泪花闪过。

“毕竟，当百万富翁不难，”他解释说，“尤其是当你曾一直想着有了 100 万美元该怎么花时。”

“还有 50 美分该怎么花。”她补充说。

“不过，说真的，虽然我现在富了，但从中获得的快乐永远也赶不上我当年手头紧的时候。”

“可是，蒙提，再也不用想冬天的大衣在哪儿，煤还能烧多久之类的问题，这么一想，该多好呀！”

“嗨，我从未考虑过大衣的问题，那是裁缝的事儿。不过，我想还能像以前那样，继续住在这儿。和第五大街那个幽暗的地方相比，我更愿意住在这儿。”

“这听起来像我们在阁楼上玩儿时你说过的话。你不记得吗？那时你更愿意去那里住，而不是这里。”

“这正是我宁愿住在这儿的原因，佩吉。昨天晚上我不由自主地想起了那间旧阁楼，内心久久不能平静，就好像有东西上不来，紧紧地卡在我的喉咙里，让我都想哭了。从我们在那里玩耍到现在，有多久了？对了，我还曾经躺在阁楼的窗户旁，给你读奥利弗·奥普蒂克的书，而你靠墙坐着，你的蓝眼睛有 1 美元硬币那么大。从那时到现在，有多久了？”

“噢，哎呀，蒙提，那可有些年头了，至少十二三年了。”她大声说，眼里闪着柔和的光芒。

“我今天下午就上去，看看那个地方现在怎样了，”他急切地说，“佩吉，你也要去呀！说不定我还能找到一本奥普蒂克的书。

要是那样的话，我们就会回到小时候了。”

“就算是为了过去的时光，”她有些冲动地说，“你也要留下来吃午饭呀！”

“我一会儿得去……算了，我哪儿也不去了。你知道吗？我刚刚还在想，我 12 点半要去银行，请帕金斯先生出来吃顿饭。我觉得我已经养成了牢固的百万富翁习惯，可实际上并不是这样。”他停顿了一会儿，变得越来越严肃，气氛也随之发生了变化。他接着说了下去，只是口气有些犹豫，似乎还不太确定他的身份：“有钱最大的好处是，有了钱，我们就不用委屈自己了。”这话听上去不太得体，但已经悔之晚矣。为了保持一种无心之失的神态，他不得不相当专注地去端详一幅熟悉的肖像画。佩吉没有理他，但他觉得，她已经看透了他备受煎熬的心思。“我们要把这栋房子好好装修一番，还有，你知道的，火炉这两三年也没少折腾我们……”他狠着心，滔滔不绝地说着，直到她轻轻地把她的手放在他的手上面。她直挺挺地站在她面前，眼神有些古怪。

“别说了！请不要说了，蒙提，”她的语气虽然柔和，但毫不动摇，“我知道你什么意思。你人不错，也挺体贴的，蒙提，可你真的没必要这样。”

“唉，我的东西就是你的东西……”他说。

“我知道你大方，蒙提，我也知道你心好。你想让我们要一些你的钱。”说出这句话并不容易，而对蒙提来说，他只能低头看着地板。“我们不会那么做，蒙提，亲爱的。你千万不要再提了。妈妈和我料到了你会这么做。可你不明白吗？即便提供帮助的是你，也挺伤人的。”

“别那么说，佩吉。”他恳求着。

“如果你以那种方式提出给她钱，她会伤心的。她讨厌它，蒙提。那么做也许愚蠢，可你知道，我们不能要你的钱。”

“我觉得你……你……唉，这么一来，有钱的喜悦全没了。”他不顾一切地大叫道。

“亲爱的蒙提！”

“我们商量商量吧，佩吉。你没明白……”他开始向他认为的佩吉的心理防线的缺口发动猛攻。

“别呀！”她以命令的口吻说道。她蓝色的眼睛里闪着烈焰。蒙提以前曾经见过一两次这种烈焰。

他站起来，在地板上走了几个来回，然后站在她面前，嘴角露出了微笑。那是一种可怜的微笑，但依然是微笑。她看着他，眼里噙着泪水。

“那是一种可恶的清教徒偏见，佩吉，”他说，声音流露着徒劳的抗议，“你懂的！”

“你还没有见到今天早上送给你的信。信就在那边的桌子上。”她回答说，没再理会他说的话。

他找到了那些信，重新坐到窗户边的座位上，漫不经心地浏览着信的内容。最后一封信来自格兰特 - 瑞普利律师事务所。虽然心不在焉，但这封信仍然让他吃惊地“啊”了一声。他大声地把这封信念给了玛格丽特。

9 月 30 日

蒙哥马利·布鲁斯特先生，

纽约

亲爱的先生：我们收到了蒙大拿的斯威伦根·琼斯寄来的一封信。这封信传达了一个令人悲伤的消息。你的舅舅詹姆斯·T. 塞奇威克得了急病，于本月 24 日死于波特兰的 M 医院。琼斯先生已经在蒙大拿被指定为你舅舅的遗嘱执行人，他聘请我们担任他在东部的代理。他随信寄来遗嘱的一个副本。遗嘱指定你为唯一的继承人，不过附有条件。如果你方便的话，今天下午能否来我们办公室一趟？你需要立即了解这份文件的内容，这很重要。

格兰特 – 瑞普利敬上

他们惊讶了好一会儿。接着，蒙提脸上微微露出一缕困惑的微笑。佩吉也是如此。

“你的舅舅詹姆斯是谁？”她问道。

“我从没听说过他。”

“不用说，你必须马上赶往格兰特 - 瑞普利。”

“你忘了吗，佩吉？”他有些气恼地回答说，“我们今天下午要读奥利弗·奥普蒂克的书。”

第四章

第二份遗嘱

第二天，蒙提在格兰特 - 瑞普利办公室的一把椅子上落座后，格兰特先生说：“你既幸运又不幸运，布鲁斯特先生。”蒙提的表情稍微有些不耐烦，他显然对詹姆斯 · T. 塞奇威克的遗嘱没有什么兴趣。他使劲儿地回想过去，才想起他母亲这位多年未见的弟弟。他小时候见过他舅舅詹姆斯几面，这让他的思绪回到了罗伯特 · 布鲁斯特夫妇的家。不过，这个年轻人昨天晚上是在德鲁家吃的晚饭，芭芭拉在他眼里比平时更迷人。当他走进斯威伦根 · 琼斯的律师事务所时，他还在想着她。

“说实话，格兰特先生，我根本不记得我还有个舅舅。”他回答说。

“这不奇怪，”格兰特先生亲切地说，“纽约所有在十九二十年前知道他的人都以为他已经死了。他离开纽约时你还很小，我觉得他去了澳大利亚。他离开这儿是想发财，他动身时几乎走投无路了。琼斯先生这封信的内容像是出自死者的意愿。要不是我们早就认识琼斯先生，为他处理过相当重要的事务，我应该会怀疑整个事件。看样子你舅舅大约十五年前出现在蒙大拿，并和斯威伦根·琼斯老先生建立了深厚的友谊。老先生是遥远的西部最有钱的人之一。塞奇威克的遗嘱是在 11 月 24 日签署的，也就是他去世那天。琼斯先生被指定为遗嘱执行人再正常不过了。这就是我们对这件事感兴趣的原因，布鲁斯特先生。”

“我明白了，”蒙哥马利说。他多少有些困惑：“可你为什么说我既幸运又不幸运呢？”

“情况太特别了。当你了解了所有情况，你会觉得那样说未免轻微。我想我们昨天寄给你的信已经告诉你，你是唯一的继承人。如果你获悉詹姆斯·塞奇威克死后留下价值近 700 万美元的遗产，你也许会感到吃惊。”

蒙哥马利·布鲁斯特呆呆地坐在那里，茫然地盯着老律师，因为他居然能用冷静的口吻说令人惊愕的事情。

“他在西北地区拥有一些金矿和农场，它们的价值不存在任何问题。琼斯先生在写给我们的信里大致讲了讲詹姆斯·塞奇威克到蒙大拿后的经历。他是在 1885 年从澳大利亚到那儿的，他当时的身家有三四万美元。他在五年内就拥有了一片大牧场，然后又不到五年，他就入股了三处金矿。他的财富迅速增长。只要是他碰过的东西，都变成了金子。他精明、谨慎、节俭。他打理钱财的水平不亚于一个华尔街理财家。他在波兰特去世，没欠哪怕 1 美元。他的财产一点儿也没有被抵押出去，像国债一样安全、可靠。这简直让人不知所措，对吧？”律师最后说，同时注意到了布鲁斯特的表情。

“那他……他把一切都留给了我？”

“有一个附带条件。”

“啊！”

“我有这份遗嘱的一个副本。在纽约，目前只有我和瑞普利先生知道它的内容。我敢保证，在听完之后，除非经过深思熟虑，否则你不会轻易把它泄露出去。”

格兰特先生从他书桌上的文件格里取出了那个副本，扶了扶眼镜，准备读它。就在此时，他仿佛突然想到了什么，把文件放到桌子上，又一次转过身来，看着布鲁斯特。

“塞奇威克好像从没结过婚。你母亲是他的姐姐，也是他目前唯一已知的近亲。他脾气极为古怪，不过心理健全。你可能会发现这份文件有点儿奇怪，不过我认为执行人琼斯先生解释了它的条款可能暗含的所有谜团。尽管塞奇威克的纽约老朋友们不知道他的下落，但他似乎知道这里发生的一切。他知道你是他姐姐唯一的孩子，因而也是他唯一的外甥。他列举了你母亲的结婚日期、你的出生日期、罗伯特·布鲁斯特夫妇的死亡日期。他也知道埃德温·彼得·布鲁斯特老先生打算遗赠给你一大笔钱。而问题就出在这里，塞奇威克很高傲，他在纽约的时候，人们认为他是那种睚眦必报的人。你肯定也知道，你父亲和塞奇威克小姐结婚时，埃德温·布鲁斯特极力反对。他拒绝承认你母亲是他儿媳，实际上也不认他儿子，并对塞奇威克家族极尽污蔑之能事。城里的人普遍认为，吉姆·塞奇威克之所以在你父母婚后三四年离开这个国家，原因只有一个，那就是他无法和埃德温·布鲁斯特生活在同一个地方。他对老先生恨之入骨，如果他不离开，非杀了老先生不可。据说他去过老先生的办公室，想杀了老先生，不过没有成功。你将会看到，他把这种仇恨带进了坟墓。”

蒙哥马利·布鲁斯特这时正试图缓过神来，走出让他和周围的世界显得不真实的迷雾。

“我认为我还是想让你读一下这份不寻常……的遗嘱，格兰特先生。”他一边说，一边努力控制着自己的紧张情绪。

格兰特先生清了清嗓子，语调平稳地读了起来。他曾抬起头来，发现他的听众非常急切。等他再抬起头，又发现他的听众变得漠不关心了。他有些想知道这是不是装腔作势。

简单地说，詹姆斯·T. 塞奇威克的遗嘱将他死时拥有的一切，无论是不动产还是个人物品，都留给了他唯一的外甥，罗伯特·布鲁斯特和露易丝·塞奇威克·布鲁斯特的儿子，纽约的蒙哥马利·布鲁斯特。除了这一极其重要的条款，还有一组条件支配着遗产的最终处置方式。在这些条件中，最不同寻常的是要求继承人在他二十六岁生日（9 月 23 日）之前一贫如洗。

这份遗嘱接着对这一终极条件做了详细解释。它规定，在指定的 9 月的那一天，除了身上的衣物，蒙哥马利·布鲁斯特在人世间没有其他财产。在那天早上，他名下不能有一分钱，也不得拥有任何他可以称作他自己的或日后可以收回的珠宝、家具、资金。在纽约时间 9 月 23 日上午 9 点，执行人将根据遗嘱规定的条款，将遗嘱附带的财产清单中提及的所有现金、土地、利息转交给蒙哥马利·布鲁斯特。如果蒙哥马利·布鲁斯特没能在每一项上都满足遗嘱的要求，让指定的执行者斯威伦根·琼斯完全满意，那么遗产将会被分给遗嘱指定的慈善机构。塞奇威克的强制规定使他的意图昭然若揭。他之所以用了这么长的篇幅，无非是想表明，如果他的继承人从他痛恨的埃德温·彼得·布鲁斯特那里得到哪怕一分钱，无论以什么形式，那么他的继承人就别想得到他的遗产。虽然塞奇威克死前不大可能知道那位银行家把 100 万美元留给了他孙子，但他显然料到他的敌人会慷慨地让蒙提成为有钱人。正是为了避免他的财产和埃德温·彼得·布鲁斯特哪怕最少的一部分财产混在一起，塞奇威克才在弥留之际立下了这份令人惊讶的遗嘱。

塞奇威克还在一个条款中试图指导蒙哥马利·布鲁斯特二十六岁生日前的一年里的行为。他要求这个年轻人向执行人提交令人满意的证据，证明自己能够聪明地处理自己的事务，也就是说，这个年轻人要能够通过其胆识，使那份遗产增值。他还要求，这个年轻人在二十六岁生日时应该有个好名声，除了适度的浪费，不能有任何不良记录；习惯应有所节制；在这一年结束时，不能拥有任何可以被视为“可见的和不可见的财产”的东西；没有任何捐赠行为；做慈善要节制；不能把钱借出去或送出去，以防这些钱后来回到他手中；要以“钱没白花”为生活原则，无论开支多少。由于这些条件只针对继承人人生中的一年，那么很显然，在财产被移交给继承人之后，塞奇威克先生不打算做任何限制。

“你感觉如何？”格兰特先生说着，把遗嘱递给布鲁斯特。

布鲁斯特接过文件，扫了几眼，脸上的表情就好像是听倒是听了，只是没弄明白意思。

“这肯定是开玩笑，格兰特先生。”他说。他仍在迷雾中艰难地摸索着。

“不，布鲁斯特先生，这绝对是真的。这里有塞奇威克所在县的遗嘱查验法庭发来的一份电报，对我们的询问做了回复。电报中说，那份遗嘱已经被纳入了遗嘱查验档案，塞奇威克先生拥有数百万资产。这份声明，也就是他说的财产清单，列举了他的资产及其价值，加起来大约有 634.5 万美元。你也看到了，那些投资是一流的。这几百万里没有一点儿坏钱。”

“好吧，这件事真是令人难以置信，不是吗？”蒙哥马利一边说，一边用手拍了拍他的额头。他开始明白是怎么回事了。

“从各个方面来说都是这样。你打算怎么办？”

“怎么办？”蒙提有些惊讶，“嗨，那些钱是我的，不是吗？”

“不到下一个 9 月，就不是你的。”律师语气沉着地说。

“那好，我想我可以等。”布鲁斯特说。他的脸上露出了明朗的微笑。

“不过，我亲爱的朋友，你已经有了 100 万。你忘了，他希望你在此后的一年里变得一文不名？”

“难道你不愿意把 100 万换成 700 万，格兰特先生？”

“可我想冒昧地问一句，你打算怎么做？”格兰特先生语气温和地问道。

“嗨，花光就行了。你难道不相信我能在一年内花光 100 万？嗨！谁不会呀！我只要切断几根系钱袋子的细绳，那么结局自然只有一个。我不介意在下个 9 月的 23 日当几个小时的穷光蛋。”

“那么，这就是你的计划？”

“当然了。首先，我将满足这份遗嘱规定的所有条件。只要我确信这份财产没有任何问题，我的继承权无可置疑，我就会迅速采取措施，甩掉我爷爷的钱。”布鲁斯特说，听起来像是当真了。他对生活又充满了热情。

格兰特先生慢慢地向前倾了倾身子。他专注、敏锐的目光像是在检验这个年轻人的热情。

“我欣赏并赞同塞奇威克的睿智，它驱使你用 100 万小钱去换一笔大钱，不过在我看来，你似乎忘记了那些条件，”他语速缓慢地说，“你难道没有想到，在不违反你舅舅遗嘱中的限制的情况下花掉 100 万美元并不容易，搞不好会让你失去两份财产？”

第五章

来自琼斯的消息

渐渐地，布鲁斯特有了新的想法。他这辈子都在想办法搞到足够的钱付账单，从来没意识到花钱可能和赚钱一样难。这种想法让他犹豫了一会儿。接着，他得意扬扬地喊道："我可以拒绝接受我爷爷的那 100 万。"

"你不能拒绝接受已经属于你的东西。我听说巴斯柯克先生已经把钱交给你了。你有 100 万美元，布鲁斯特先生，你否认不了。"

"你说的对，"蒙哥马利沮丧地说，"说真的，格兰特先生，这个条件让我吃不消。如果你不需要马上做出答复，我想仔细考虑一下。这听上去像个梦。"

"那不是梦，布鲁斯特先生，"律师笑着说，"你现在面临着一个令人吃惊的事实。明天上午再来找我吧！好好想想，想出办法。记住遗嘱的条件和你面临的状况。与此同时，我会给执行人琼斯先生写信，问一下他究竟希望你要做什么，以便打探出他本人对你舅舅的遗嘱条款的见解。"

“不要写，格兰特先生。发电报吧，并且请他也用电报回复。就这种事务来说，一年时间不算长。”过了一会儿，他又补充说，“该死的家族仇恨！为什么詹姆斯舅舅就不能宽容一点儿？就因为我出生前发生的一次争吵，他就给我无辜的大脑带来了无穷的麻烦。”

“他是个怪人。一般来说，一个人不会这么长时间还在记仇。不过，这说了也没用。在这个案子中，他的遗嘱就是法律。”

“就算我在下个9月的23日前把钱花得只剩1000美元，我也会失去那700万，然后就成了穷光蛋！那样做的话，我的钱似乎花得不怎么值呀！”

“这是个问题，老弟。不管怎样，在做决定之前都要好好想想。与此同时，我们可以查证一下这份财产清单是否真的准确无误。”

“无论如何都干下去吧，还请你劝劝琼斯先生，让他不要对我吹毛求疵。如果限制条件没那么苛刻，我倒真想冒险试试。可要是琼斯不近人情，我也可能放弃希望，满足于我拥有的东西。”

“琼斯先生可不像你说的那样不近人情，但他非常务实，头脑清楚。他肯定会要求你记开支账，你花掉的每一美元都要有收据。”

“我的天呀！每笔支出都要记账？”

“我估计，一般来说，是这样。”

“看样子我得雇一帮败家子来想想挥霍掉这笔钱的法子。”

“你大概忘了那个禁止你把与这个问题有关的秘密透露给任何人的条款。好好想想吧。说不定好好睡一晚上之后，这个问题就没那么难了。”

“如果不是难得让人睡不着的话。”

在这一天的剩余时间里，布鲁斯特仿佛一直在梦游。他忧心忡忡，深感困惑。他的老朋友们在路上遇到他的时候，发现他只是远远地点点头，就过去了。他们怨恨地断定，他的财富让他变了。他满脑子都是统计数据、数字、计算，头晕目眩。他还差点儿被一辆电车给撞了。他一个人在一条小巷子里的一家规模不大的法国餐馆吃了饭。他喝了不少黑咖啡，让服务员感到吃惊，但他动都没动鹌鹑和莴苣，这又让服务员有些不高兴。

那天晚上，他在格雷夫人家的房间的小桌子上堆满了衬垫纸，每张纸上面都写满了错综复杂、令人费解的数字。晚饭后他去了他自己的套间，忘了自己住在第五大街。他抽烟，计算，想象，一直到午夜过后很久。他第一次感到了那 100 万的沉重。如果他从那一天（10 月 1 日）开始执行花光 100 万的任务，那么他只有三百五十七天的时间来实现目标。以这 100 万美元的巨款为基础，很容易就能算出他的日均开销。他刚开始觉得完成任务并非绝对不可能，直到他举起那一小片纸，悲伤地注视着那个简单的数学问题的答案。

那个答案意味着他要在将近一年时间里，平均每天花掉 2801.12 美元。即便如此，他还是会剩下 16 美分，因为在验证他粗略的除法计算结果时，他只能算到 999999.84 美元。接着，他想到，他的钱存在银行会产生利息。

“可要是每天花 2801.12 美元，我就能得到 7 倍于这个数字的钱，”当他终于上床睡觉时，他自言自语地说，“那意味着每天 19607.84 美元，纯获利 16806.72 美元。太棒了！真的太棒了！我想知道如果我不索取利息，银行能不能不强制我。”

当他昏昏睡去时，那些数字自己一直在加加减减。他那一夜曾梦见斯威伦根·琼斯判决他去法国餐厅吃价值 100 万美元的野味和沙拉。他醒来时觉得他曾经大声喊过："我能做到，不过就这种事而言，一年时间不算很长。"

到了 9 点，布鲁斯特才起了床。在洗了盆浴后，他觉得他已经能处理任何问题，甚至能吃一顿丰盛的早餐。格兰特 - 瑞普利的格兰特先生给他发来消息，通知他收到了一些从蒙大拿发来的重要电报，请他于下午 1 点共进午餐。他还有空闲时间。由于玛格丽特和格雷夫人出去了，他打电话让艾利斯立即把他的马带到公园入口。秋高气爽时节是最适合骑马的了。布鲁斯特发现，一些衣着考究的人已经在公园里骑马、驾车了。他的马喜欢慢跑。等到抵达了那块方尖碑，他才勒住了马。他准备横穿马路，结果差点儿被德鲁小姐开的新法国汽车撞倒。

"请原谅，"她喊道，"你是我撞到的第三个人，因此你得明白，我不是有意针对你。"

"就是被你撞倒，我也应该深感荣幸。"

"那好吧，小心点儿。"她发动引擎，仿佛要冲向他。不过她及时停住了，并且笑着说，"你的勇气值得奖励。你要不要把你的马送回家，和我一起去兜兜风？"

"我的朋友在第五十九大街等着我呢！如果你愿意开那么远，我乐意和你一起去。"

蒙提和德鲁小姐只是点头之交。他在晚宴和舞会上见过她。虽然他见过的女孩儿不少，但她给他留下的印象比其他女孩儿要深。每当他们四目相接，总是会产生某种不可言传的东西。蒙提经常想知道那种东西究竟意味着什么，但他总是意识到，那和柏拉图式的情感无关。

“如果我没和她四目相接，”他曾经对自己说，“我接下来甚至可以和她讨论政治，但在她看我的那一刻，我知道她能看出我在想什么。”他们一开始就认为他们是非常好的朋友，而在他们的第三次见面后，他们互相用名字称呼对方就显得再正常不过了。蒙提知道他在玩火。他从没想过要了解芭芭拉对他的看法。他理所当然地认为，她对他的感觉要超过友情。当他们在马车迷宫中穿行时，不断地向碰到的朋友点头致意。他们注意到，有些女人竟然转过身来盯着他们，其中德克斯特老小姐最为明显。

“你不担心人们会对我们说三道四吗？”蒙提笑着说。

“说我们一起在公园里兜风？这里可是和第五大街一样安全。再说了，谁在意呀？我想我们能顶住那些流言蜚语。”

“你是大家闺秀，芭芭拉。我只是不想让他们议论你。等我走得太远了，叫我一下，让我下车。”

“我 2 点有个午餐会，但在那之前，我们可以一直兜风。”

蒙提喘了口气，看了看他的手表。“离 1 点还有五分钟。”他喊道。他完全忘了他和那位律师有约。德鲁小姐的陪伴让人兴奋，他甚至忘了他舅舅詹姆斯的数百万财富。

“我在 1 点有个约会，关系到我的生死。你是否介意把我送到离这儿最近的高架铁路？要不干脆就让我来开车吧！”

芭芭拉几乎还没明白是怎么回事，他们就已经交换了位置。蒙提开着车，在路面上飞驰。

“真是让人想不到啊，”她激动地说，“我认为你在绑架我。”

但是，当她看到蒙提脸上严肃的表情，又看到警察一个接一个地向他发出警告时，她真的慌了神儿。她说：“蒙提 · 布鲁斯特，这个速度真的挺危险的。”

“也许吧，”他回答说，“如果他们没有充分意识到应该让路，被车撞了就是活该。”

“我说的不是行人、汽车、轻型马车、树木或者纪念碑，蒙提。我说的是你和我。我知道我们要么会被撞死，要么会被逮捕。”

“如果一切如我所料，我就不会开这么快。不用担心，巴布丝。何况现在已经 1 点了。天哪，我没有想到会迟到这么久。”

“你的约会很重要吗？”她问道，等着他回答。

“嗯，我应该说它……小心……你这个该死的蠢货！你想被撞死吗？”他后半句话是在骂一个行人。那个行人侥幸逃过一劫，很愤怒。

“我们到了，”当他们停在高架铁路的入口旁时，他说，“非常感谢，你帮了我大忙了。很抱歉以这样的方式离开你。以后好好给你解释。要不是你，我的约会就泡汤了。”

“我倒是觉得你是自己帮自己，”当他快步走上台阶时，她在他身后喊道，“哪天来喝茶吧，给我说说那个小姐是谁。”

在布鲁斯特走远后，德鲁小姐转过身来，面对着她的司机。他坐在汽车后座上。她大笑起来。司机也咧开嘴，脸上微微泛起笑意。

“恕我直言，小姐，”他说，“可我真的看好布鲁斯特先生，不看好福尼尔。”

布鲁斯特走进了格兰特 - 瑞普利的办公室，只迟到了半个小时。他满脸通红，内心急切，没有意识到他脸颊上沾着大泥点。

“非常抱歉，让您久等了。”他道歉说。

“夏洛克·福尔摩斯会说你开车了，布鲁斯特先生，”瑞普利先生一边说，一边和这个年轻人握手。

“那他就错了，瑞普利先生。我一直在飞。蒙大拿那边来信儿了吗？”他问得那么突然，那么不耐烦，两个律师忍不住笑了起来。片刻之后，布鲁斯特也跟着笑了。不过，他再也不需要问了。律师们把半打电报放在了他面前，它们是蒙大拿银行家、律师和矿产经营者的回复。这些电报证实了詹姆斯·T. 塞奇威克的财富涉及面的广泛。根据报告，他的财富比用实际数字显示出来的还要多。

“那琼斯先生说了什么？”蒙哥马利问道。

“他的回复像个新闻报道。他试图把他的意思完全表达出来。如果还有什么东西没提到，就要看我们怎么理解了。虽然如此，我还是要很遗憾地通知你，他已经付过电报费了。”格兰特一边说，一边咧开嘴笑了。

“他在这件事上理智吗？”蒙哥马利紧张地问道。

格兰特先生迅速、意味深长地瞥了他的合伙人一眼，然后从他桌子里取出斯威伦根·琼斯发来的那份长篇电报。电报全文如下：

10月2日

格兰特－瑞普利，

尤卡坦大楼，纽约

我是这一事务的唯一仲裁者。你们被聘用为我的代理人，继承人每个星期都要通过你们向我报告。继承人的舅舅希望阻止继承人的爷爷的遗产。我将尊重这个心愿，严格执行遗嘱条款。他是我最好的朋友，委托我处置他的所有财产。我将严肃地处理此事。继承人必须在给定时间内花光留给他的钱。出于对他舅舅死后的名声的尊重，他不得把这个秘密透露给任何人。我不希望世人把塞奇威克当作大傻瓜。他不傻。下面是我希望继承人遵守的规则：

1. 不得无所顾忌地赌博。

2. 不得参与愚蠢的商品交易所投机活动。

3. 不得向任何性质的机构捐赠，因为关于它们的记忆是一项无形的资产。

4. 不得随意把钱送出去。我无意通过这条规定让他变得吝啬。我和塞奇威克都非常厌恶小气鬼。

5. 不得花天酒地。我厌恶圣徒，塞奇威克也是如此。我们两个都放浪形骸过。

6. 不得过分给慈善机构捐款。如果他像其他百万富翁那样，那我就不再说下去了。不要认为做慈善不受限制。

花掉 100 万不容易，我不会不讲道理地待他。他可以随意花钱，但不能愚蠢地花钱，他的钱不能白花。如果他能做到，我会认为他是个不错的生意人。我认为给服务生小费超过 1 美元就是犯傻，给汽车搬运工小费最多 5 美元。他最多能挣 1 美元。如果继承人想赌一把大的，那他最好迅速开始，因为他要是一直等，等到裁决的那天，他很可能会犯错误。剩下的时间已经不足一年了。祝他好运。我以后还会给你们写信，更详细地说明情况。

S·琼斯

“更详细地说明！”蒙哥马利重复道，“还有什么可写的呢？”

“他说得很清楚了，”律师说，“不过在做决定之前，最好了解所有情况。你现在拿定主意了吗？”

布鲁斯特坐了好一阵子，眼睛死死地盯着地板。他的思想斗争非常激烈。

“这是一场赌博，一场大赌博，”他最后耸了耸肩说，“不过我愿意赌一把。我不想显得不忠于我的爷爷，可我觉得，就算是他，也会建议我接受。就这么定了，你们给琼斯先生写信吧，我接受这个机遇。”

两个律师赞扬了他的勇气，并祝他成功。布鲁斯特则对他们报以微笑。

“那我就先问问，你们觉得，在这样一个案子中，律师费多少比较合理？我希望你们做我的代理。”

“你不想一口气花完，对吧？”格兰特先生笑着问，“我们不能既做你的法律顾问，同时又做琼斯先生的法律顾问。”

“可我必须有个律师，再说遗嘱限制了我心腹之交的数量。我该怎么办？”

“我们会就这一问题咨询琼斯先生。你也知道，这样做不合规矩，不过我倒不担心法律上的困难。但是呢，我们不能同时从双方收费。”格兰特先生说。

“可我需要几个愿意帮助我的律师。就算你们拒绝接受我的钱，也没什么用。”

“那我们就诉诸仲裁。”瑞普利笑着说。

天还没黑，蒙哥马利·布鲁斯特就开始了一种新生活。如果真相为世人所知，他们一定会为此感到错愕。出于对“富人家的小儿子们”的忠诚，他邀请他的朋友们共进晚餐，让他们见识见识。

“香槟！”当他们坐到桌子旁时，哈里森喊道，“我都忘了我上次喝香槟是什么时候了。”

“正常，”“萨博威”·史密斯笑着说，“喝了香槟你就什么也记不住了。”

随着晚宴的进行，布鲁斯特向大家解释说，他打算在一年内让他的财产翻一倍。“我还想找找乐子，”他说，“你们这些家伙可要帮帮我呀！”

“诺珀”·哈里森被聘为“事务主管”，埃隆·加德纳被聘为财务秘书，乔·布拉格登被聘为私人秘书，“萨博威”·史密斯被聘为“顾问”，其他成员也都有相应的职位。

“我想让你给我找最漂亮的公寓，‘诺珀’，”他命令道，“不要担心费用。让佩廷吉尔把它从上到下重新装修一遍。雇你能找到的最好的仆人。我准备去那儿住，‘诺珀’，不计后果。”

第六章

蒙提·克里斯托

两个星期后，蒙哥马利·布鲁斯特有了一个新家。“诺珀”·哈里森严格遵照他的上司的命令，租下了在纽约城能找到的最贵的公寓之一，一直租到了下个9月，租金2.3万美元。这位精明的财务代表还通过预交租金，为他的上司节省了1000美元。但是，当他向布鲁斯特先生报告这一节省情况时，他惊讶地发现，布鲁斯特皱了皱眉头。“我从没见过比他还不在乎钱的人，”“诺珀”喃喃自语道，“唉，他花起钱来就像一个试图进入纽约社会的芝加哥百万富翁。要是没有我们这帮人，不出六个月，他就会变成穷光蛋。”

保罗·佩廷吉尔也非常惊讶，甚至可以说有些错愕。他正忙着按照房客提出的计划，重新装修一些房间。这位冉冉升起的青年艺术新星异常兴奋，同意做这份工作，收费500美元。然而，当务实的布鲁斯特告诉他，一个房间所用的颜料和材料就是他酬劳的两倍时，他的脸红得就像个小女生。

“佩蒂，你的商业意识和山羊差不多，”蒙哥马利批评道。保罗低下头，谦卑地承认了。“就一份工作来说，那个为你的工作室刷墙的人要起价来都比你聪明。我会掏2500美元。这只是个公道价。在这个地方，我容不下任何便宜的东西。”

“照这个速度花下去，你总有一天什么都买不起。”佩廷吉尔自言自语。

于是，佩廷吉尔和一群装修工很快就让那些房间放满了脚手架和颜料桶。到最后，一种非常高雅的效果出现了。从来没有人觉得佩廷吉尔缺点子，而这是一个他施展才华的机会。美中不足的是期限，布鲁斯特卡得太死了。他觉得，如果没有期限，他能在装饰镶板方面干出某种了不起的事情，某种连皮维·德·夏凡纳也会黯然失色的事情。有了期限，他不得不抑制他不断冒出来的奇思妙想。他断定，简约而不失丰富才是合适的装修风格。最终的效果非常华丽，但又不至于太华丽，深度和特点还是有的。

他怀着兴高采烈且急切的心情，帮布鲁斯特挑选了每个房间的家具和壁挂，但他不知道他的雇主买任何东西都是有条件的。布鲁斯特先生已经和所有卖家达成协议，如果他在一年内想放弃他的住宅，他们要以公道的价格回购这些东西。他在所有情况下都坚持这一原则，而它被称作“贵重必需品的买断交易”。蒙提·布鲁斯特头脑的计算能力已经有些不正常了。

他保留了他在格雷夫人家的房间。他给出了一个虽然经不起推敲但又让人感伤的理由：他想要一个让他偶尔可以静静心的地方。当格雷夫人对这种无用的奢侈行为表示不满时，他表现出了明显发自内心的悲伤，打动了她的心，让她内心深处涌起一股强烈的喜悦之情。她喜欢这个相貌英俊的小伙子。当他表达他的忠诚和热心时，她流下了喜悦的泪水。虽然他在别处有一套奢华的公寓，但他的房间一直为他留着，就好像他还盼着每天住在那里。奥利弗·奥普蒂克的书仍躺在阁楼上，都破旧了，但对玛格丽特来说，它们是未来财富的化身，是日后甜蜜时光的保证。她很了解蒙提，觉得即使新财富会带来各种荣耀，他也不会忘记那个黑暗、逼仄的旧阁楼。

他发出一场大型晚宴的请柬时引发了轰动。这时他爷爷去世还不到一个月，社交界对他表现出来的明显失礼感到愤慨。没人指望他遵守漫长的服丧期的习俗，但他完全无视礼仪实在是让人震惊。一些行将入土、有明确继承人的老人公开斥责他的薄恩寡义。如果所有的服丧期都像布鲁斯特的那样短，那么想到他们将来可能会遭遇什么，他们是高兴不起来的。年迈的凯切尔夫人更改了她的遗嘱，她的两个侄子完全被排除了。如果坊间传闻是可信的，那么约瑟夫·加里蒂的一个非常谦逊却一贫如洗的孙子在不远的将来将忍受一种严格的财产变革。凡·伍尔特法官被认为活不过那个晚上，但当他在病房听到有人小声谈到蒙哥马利·布鲁斯特准备举办盛大的晚宴后，他的病情立即见好了。未来的继承人们自然纷纷以明确的措辞，谴责了年轻的布鲁斯特。

尽管如此，老埃德温·彼得·布鲁斯特的孙子举办的晚宴还是成了坊间热议的话题。一共有六十位客人受到了邀请，他们都不为那些谴责所动，没有一个人表示不参加晚宴。离晚会举办还有很长时间的时候，关于其盛大规模的报道就传开了。有报道称，这场晚宴一道菜花费 3000 美元。后来，这个传奇般的价格降到了 500 美元。蒙哥马利应该非常愿意花 3000 美元或更多，但一些神秘的力量让他明白，如果他那么做，斯威伦根·琼斯肯定会把这记为他的一大污点，于是他忍住了。

“我想知道我是该遵守纽约的奢侈标准，还是该遵守蒙大拿的，”布鲁斯特对自己说，“我想知道他究竟看不看纽约的报纸。”

每天深夜，回到自己的卧室，显赫、古老的布鲁斯特家族的最后一名成员都会遣散下属，坐到他的书桌旁，拿过一支铅笔和一叠纸，点上蜡烛（他发现，蜡烛不仅比电灯好摆弄得多，花费也更多），细致、认真地计算当天的开支。“诺珀”·哈里森和埃隆·加德纳保管着所有支出收据，乔·布拉格登保管着一份正式报告，但只有在发现自己的开销保持在平均水平时，“长官”（他们对他的称呼）才心满意足地上床睡觉。在最初的两个星期里，做到这一点并不难。事实上，在这场竞赛中，他貌似还遥遥领先了。他在这段时间里花了差不多 10 万美元，但他意识到，这些开支大多都是年度开支，而非日常开支。他小小的私人总账中有“收入和损失”账目，不过它和世上其他同类账目是不同的。他把普通商人记入“损失”方的东西记入“收入”方，并且不断寻找机会来增加总量。

罗尔斯来纽约以后一直是蒙提爷爷的管家，现在他来到蒙提的府邸做事，这让蒙提的姑姑埃米琳愤怒而困惑。蒙提的厨师来自巴黎，名字叫德图特。门房艾利斯也在蒙提那里谋了一个差事，比他在第五大街的宅子里的差事好多了。埃米琳把蒙提的这些行为称为“卑鄙而恼人的背叛”，她永远都不会原谅自己的侄子。

蒙提最惊人的花钱壮举之一，是花 1.4 万美元买了辆汽车。他无动于衷地向“诺珀”·哈里森和他两个秘书承认，他只打算用这辆车来练练手，一旦他学会了怎么开车，他就花 7000 美元买一辆适用、实用、耐用的汽车。

蒙提的幕僚经常聚在一起，商量怎么遏制他不计后果的奢侈行为。他们很担心。

“他就像港口里的水手，”哈里森埋怨说，“如果他想得到一个东西，钱不是问题。该死的是，他好像见到什么都想要。”

“这种情况不会持续太久，”为了让哈里森放心，加德纳说，“就像和他同名的蒙提·克里斯托[1]那样，他的好日子刚开始，他想享受一下。”

“我倒是觉得，他不想过好日子。”

每当他们为此而责备布鲁斯特时，他就会说：“既然我有钱了，我就想让我的朋友也快活快活。如果你们处在我这个位置，你们也会这么做的。说到底，钱是做什么用的？”他这么一说，他们就无话可说了。

“可这是一道菜 3000 美元的晚宴呀……”

“我打算弄十二道这样的菜，即使我还不起我的债务。多年以来，我在人们家中受到款待，还乘坐他们的游艇游玩。他们一向待我不薄，而我可曾为他们做过什么？什么也没做。我现在有钱了，我想回报他们对我的照顾，弥补一下。这难道不是合情合理的吗？”

于是，蒙提晚宴的准备工作继续进行。除了他所谓的“能干的绅士团队的帮助”，他还聘请丹·德米勒夫人当他的“社交顾问和全面女伴”。德米勒夫人在报纸上被称作“放荡的年轻已婚者团队的领袖”，是城里最聪明、最漂亮的年轻女人之一，她丈夫属于那种不必“也受邀”的人。德米勒先生住在俱乐部，去过蒙提家里。

[1] 法国小说《基度山伯爵》主人公使用的化名。

有人说，他做事太慢，他妻子则太快。如果她邀请他共进晚餐，他通常会迟到两三天。总之，就蒙提的行动委员会而言，德米勒夫人显然是一大收获。委员会需要的就是她的机敏，从而使他的宴会有趣，以免滑稽。

那场晚宴在10月18日举行。丹夫人像个将军那样安排了客人的座位，使宴会从一开始就趣味盎然。德鲁上校和瓦伦丁夫人坐在一起，保证让他满意；凡·温克尔先生和漂亮的瓦伦丁小姐肩并肩坐着，没人能说他不高兴；克伦威尔先生和萨维奇小姐坐在一起。在安排其他客人的座位时，丹夫人展示了同样绝妙的手腕。有些座位的安排甚至有些下流。

客人们到来时，在一定程度上会觉得宴会比较无聊。好奇心促使他们接受了邀请，但这并没有防止接下来难免会产生的倦怠。在社交上，蒙提·布鲁斯特还无足轻重。他和他的晚宴是议论的话题，但还无法马上被人们接受。人们想知道他是怎样搞定丹夫人的，但从另一方面看，丹夫人也的确一向喜欢尝鲜。无论这场晚宴取得了什么成功，无疑都要归功于她。她出的力还真不小。蒙提已经决定刚开始保守一些。他做的都是寻常的事情，不过做得很好。他只是稍微奢侈了那么一点儿。佩廷吉尔设计了一张奇特的桌子，能让人们舒适地享受彼此的陪伴。这张桌子还配有淡紫色的大兰花装饰和白中带黄的蕾丝蝴蝶彩带。他曾经想用大丽花，因为它们色彩丰富，从浅黄到橘红，再到深红，但蒙提坚持用兰花。这位艺术家还偶然发现了大量的金质枝状大灯台（更为奢华的时代留下的老物件儿），搭配着乳白色的灯罩。这让他欣喜万分。他还发现，餐具也是金的，违背了他的建议。他说，用金餐具“太没品位”，上面的繁复装饰也没有意义。但在这个问题上，蒙提很固执。他坚持说，他喜欢那种色彩，而瓷器没有特色。丹夫人建议有几道菜最好用塞夫勒陶器来装，这才避免了一场争吵。

佩廷吉尔为公寓设计的照明方案特别巧妙。为了突出墙壁和在他的鼓动下蒙提买的莫奈的四幅精美画作，他设计了一个用色彩丰富的厚玻璃做的吊顶挡烟隔板，玻璃的主色调是白色的，略带一些黄色和暗绿色。它白天可以遮光，到了晚上，电灯的光在穿过它之后会变得非常柔和，营造了一种和谐的氛围。它使房间显得很静谧，就连那些见多识广的人也会马上被吸引住。总体来看，这种设计显然会给人们留下深刻印象。

这样的环境对来宾产生了影响，对晚宴取得成功起了很大作用。匈牙利音乐的旋律从远处飘来，那天晚上，假如没有受到这种环境的激励，小乐队就不会演奏“爱的华尔兹”和“蓝色华尔兹”。然而，餐厅里的人们一直在低语，根本不理会音乐传达的情感。蒙提坐在宴会上最显赫的两位老年贵妇之间，深感无聊。他隐隐约约地想知道音乐对宴会的进行产生了什么潜在影响。他有一种变幻不定的想象力，没有这种想象力，就没有交谈的热情，就不需要克服嘈杂的竞争，就没有需要跨越的障碍。实际上，交谈无疑进展得很顺利，丹夫人也不时面带满意的微笑检查她的劳动成果。她听到桌子对面的德鲁上校说：“布鲁斯特显然不喜欢长期围困。他打算用突袭来攻陷我们的堡垒。”

丹夫人转向了坐在她右边的“萨博威”·史密斯——他是最新一个被她迷住的男人。“你的这位朋友是什么人呀？”她问道，“我从没见过这样一个既复杂又简单的人。这种新玩具吸引不了他，他正在把它拆开，看看它是什么做的，等他发现木屑时，会发生一些事的。”

“嗨，别管他，”“萨博威”轻松地说，“蒙提至少是个好赌徒。无论发生什么，他都不会抱怨。他会愿赌服输。”

只是到晚宴行将结束时，蒙提才找到了和芭芭拉·德鲁在一起的机会。他站在她前面，带着挑衅意味地挺直肩膀，以挡开不识趣的人。她以她令人感到高深莫测的方式，冲他笑了笑。但是，这只持续了片刻。紧接着，餐厅就传来了可怕的喧闹声和玻璃破碎发出的响声。客人们出于礼貌，试图假装一无所知，但这种喧闹太吓人，让这种礼貌显得可笑。主人笑了笑，然后去了客厅。原来，是天花板附近的隔板掉了。地板上到处都是碎玻璃，桌子上堆着一堆让人厌恶的压碎的兰花和噼啪作响的蜡烛。就在布鲁斯特从一侧进入房间时，吓坏的仆人从另外一侧冲了进来，他们都吃惊地站住了。他们一动不动地站了一会儿，然后沮丧地叫了起来。蒙提·布鲁斯特先是感到懊恼，然后又产生了一种恶魔般的喜悦。

“感谢上帝！”他在一片寂静中轻声说道。

他看到客人脸上露出吃惊的表情，连忙住了口。

“它没在我们用餐的时候掉下来。”他用一种沉着、感激的口吻说道。在他玩的这场无聊的游戏中，他装出来的无动于衷给他加了分。

第七章

机智的教训

布鲁斯特先生的管家罗尔斯既吃惊又生气。自从干管家以来，他第一次无拘无束地表达了自己对主人福祉的关切。他即将承担任何仆人都无法忍受的责任。但是，在面见主人之后，他决心以后再也不越俎代庖。他深信，这将是他最后一次违规。在晚宴举行后的第二天，罗尔斯出现在年轻的布鲁斯特先生面前，并通过他的态度表明，他这次拜访非常重要。布鲁斯特坐在写字台旁，陷入沉思。罗尔斯先是咳嗽了一下，提醒对方自己到了。紧接着，他就发出了一声惊呼。这声惊呼太尖锐，并且显然太激烈，让他到来的其他所有迹象都相形见绌。他进来时，蒙提的心算刚有了点儿眉目。他一咳嗽，蒙提的心算又陷入了混乱。

“你干吗呢？”蒙提生气地问道。他已经计算到了七八百美元，却被罗尔斯搅乱了。

“我来报告一个关于仆人的不幸状况，先生。”罗尔斯说。随着他的责任变得越来越重，他绷紧了神经。在进入房间时，他暂时放松了心情。

“出了什么问题？”

“问题已经解决，先生。”

“那你为什么还来打搅我？”

“我觉得最好让你知道，先生。仆人们今天本来打算提出涨工资的要求，先生。”

“你说他们本来要提？那现在呢？”想到新出现的可能性，蒙提两眼放光。

“我说服了他们，先生，说他们的工资够高了，他们应该知足。他们要花很长时间，才能找到更好的、工资高的职位。他们跟着你还不到一个星期，就要为争取涨工资而罢工。说真的，先生，这帮美国仆人……”

“罗尔斯，我看可以！”蒙提脱口而出。管家绷紧了嘴，脸涨得通红。他的脸以前从没这么红过。

“我不明白，先生。”他气喘吁吁地说，语气既尊敬，又给人一种受了委屈之感。

“罗尔斯，你以后最好别管这事儿了。为了争取更高的工资而罢工既是每个美国人的权利，也是他们的义务。他们想什么时候罢工，就可以什么时候罢工。我想让他们清楚无误地明白，我由衷地支持他们的态度。你最好回去告诉他们，在服务了适当时间后，他们的工资应该涨。还有，不要再插手了，罗尔斯。”

那天下午晚些时候，布鲁斯特顺便来到德米勒夫人家里，商谈下一场晚宴的计划。他意识到，要想挥霍他的钱，又不白白挥霍，最好的办法莫过于投身社交。这么做不难，并且到最后只可能产生一种有益的后果，也就是他自己的反感。

“很高兴见到你。”丹夫人匆匆走进来，热情地迎接他，“来楼上喝杯茶，抽根烟。我可不是所有客人都会接待的。”

“你太客气了，丹夫人，”在他们上楼时，他说，“要不是你帮忙，我都不知道该怎么办。”他心里想，她真漂亮。

“无论如何，你都会更有钱的。”她从上一级楼梯上转身冲他笑了笑。然后她在矮沙发的垫子间找了个舒服的地方坐下，说：“我半夜哭了，蒙提，为那块玻璃隔板。”布鲁斯特坐在她对面的一把宽大、松松垮垮的椅子上，递给她一根烟，漫不经心地说：

“没关系。当然了，要是它掉下来时，客人还在那儿，问题就大了。”接着，他又以严肃的口吻补充说，“说真的，我曾经想让它在我们离席时掉下来，可那个该死的东西让我失望了。书里面必然发生的高潮不就是这样吗？它们通常会延迟发生。你知道，它原本要产生一种‘巴比伦的跌落’那样的效果。”

“好极了！不过像巴比伦那样，它跌落的不是时候。”

他们花了十五分钟的时间，兴致勃勃地谈论了城里的人。他们完全支持被诽谤者，谴责诽谤者。在接下来的十五分钟里，他们忙于拟定参加晚宴的客人的名单。他把一张小写字台搬到矮沙发上。在她漂亮的、有着贵族气质的眉头皱了多次之后，她提出了一些人的名字。在他写这些名字时，她在一旁专心地看着。等她改变了主意，他又划掉了它们。在拟定晚宴的名单时，德米勒夫人非常严格。虽说晚宴不是她举办的，但她可以随心所欲地处理他的晚宴。他为人大度、心高气傲。她很快就看出，他漠不关心。他不在乎客人是谁，他们是怎么来的。他只希望确保他们出席。他仅有的失误是，他再次心虚地建议邀请芭芭拉·德鲁。就算他注意到德米勒夫人的头低得离那张写着名单的纸更近了，他也不会觉得这个动作有多重要。他无法看到她的眼睛眯了起来，也没有注意她稍微屏住的呼吸。

“会不会有点……就一点点……明显？”她轻轻地问道。

“你的意思是，人们有可能议论？”

“她也许会觉得出席有些扎眼。”

“你这么认为？我们是非常好的朋友，你知道的。”

“当然了，如果你想让她出席，”她慢慢地、疑虑重重地说，“嗨，那就把她的名字写上，可你显然没有看过那个。”丹夫人指了指放在桌子上的一份《号角报》。

等他把报纸递给她时，她说：“‘审查官’在嘲弄你呢！”

“如果那个傻瓜写到了我，那我就会在社交圈里展开报复。听这个，”她指着那段令人讨厌的文字说，“如果布鲁斯特抽到[1]一手方块清一色，你觉得他会抓住红心皇后吗？如果他抓住了她，你认为她还会保持多久平局？或者，如果她和布鲁斯特打成了平局，那么她愿意学蒙提[2]这样一种游戏吗？”

第二天早上，那个署名为“审查官”的作者遭到痛殴；蒙哥马利·布鲁斯特还把他的名字刊登在了报纸上，名字周围环绕着过分得令人生厌的赞美话语。

---

[1]“抽到”的英语为“Drew”，暗指“德鲁（Drew）小姐”。这一段里后面的“平局”的英语原文也是“Drew”，作用相同。

[2]这里的“蒙提”表面上是一种纸牌游戏，其实指的就是蒙提。

第八章

机不可失

在刚刚叙述过的事件发生后不久的一天早上，布鲁斯特躺在床上，眼盯着天花板，陷入沉思。他因为焦虑而皱起的额头被凌乱的头发半掩着。他瞪大了眼睛，睡意全无。他前一天晚上在德鲁家吃的晚饭，并突然意识到了什么。在思考问题时，他回忆不起来发生过任何特别的、让他真的可以当作证据的事情。德鲁上校夫妇还像以前那么亲切，芭芭拉更是魅力无限。但是，肯定出问题了，他难受了一个晚上。

“这要怪那个英国小个子约翰尼，”他认为，“芭芭拉当然有权让她喜欢的人挨着她，可我真搞不懂她为什么选择了那个蠢货。天啊，如果我坐在另一边，我肯定会让他颜面扫地。”

他的大脑旋转着。他第一次开始感受到那令人难受的嫉妒之痛。他尤其讨厌博尚公爵。虽然这个可怜的家伙在晚宴上几乎没说话，但蒙提就是咽不下这口气。当然了，他知道芭芭拉的求爱者有十多个，但他从没想过芭芭拉会认真地考虑他们。虽然他与“审查官”的交手给她惹了麻烦，但在经过片刻思考后，她就完全原谅了他。她一开始倒是有些怨恨，但这些怨恨终究不敌她作为一个美国人对骑士风度的欣赏，无论这种骑士风度是受了什么东西的激发而产生的。

“审查官”几年前就该受到惩罚了，因为他粗俗的机智专门针对社会名流。他的文笔太尖刻、恶毒，让其他人望而生畏，很多有小辫子可抓的人都唯恐避之不及。布鲁斯特采取的行动既迅速又充分，阻止了恶毒的攻击，让自己在一些男男女女中成了英雄。在那晚之后，“审查官”的笔就不灵了。蒙提最初有些疑惧，但到了他和“审查官”交手后的那个上午，当德鲁上校本人以适度的语言称赞他时，他的疑惧一扫而光。德鲁上校对他的成就表示祝贺，并且向他保证，虽然芭芭拉和德鲁夫人会装模作样地训斥他一番，但她们都认可他的行动。

但是，这个早上，蒙提躺在床上，陷入了痛苦的深思。他碰到了一个令人无比尴尬的情况，正在严肃地和他自己讨论着此事。“我以前从没告诉过她，”他对自己说，“可如果她不知道我的情感，那她就不如我想的那样聪明。再说了，我现在没有时间向她示爱。如果换作别的女孩儿，我想我就必须示爱了，但芭芭拉，嗨，她肯定明白。可是……该死的公爵！”

如果以适当的方式追求她，那他就不得不无视他整个脑子所担负的财务职责。他发现他从一开始就受到了一种令人震惊的尴尬状况的阻挠，而前一个晚上的计算已经彻底证明了这一点。他最近四天对财务的漠不关心和随心所欲的代价非常高昂。用他自己的话说，他已经“花费”了近8000美元。以那种方式把钱花下去，非破产不可。

“唉，仔细想想，”他接着说，“要是我把每一天都用来追求芭芭拉，那我肯定会少花差不多2.5万美元。长此以往，我非陷进去出不来不可。我已经落后得太多了，就算万劫不复我也在所不惜。她肯定不希望我那样，可女孩子在恋爱上简直就是白痴。再说了，她肯定不知道我面临着多么沉重的任务。还有别的人。在我不参加赛跑时，他们会做什么呢？我不能走到她面前说：‘嗨，我可以休一年假吗？我下一年9月就回来。’可话又说回来，如果她希望我参与竞争，我肯定会丢下我的事情不管。要是失去了她，我就是有了700万，能幸福吗？我赌不起运气。没错，那个公爵下个9月不会拥有700万，但到了21日或22日，他拥有的不利于我的证据就有一大堆了。”

就在此时，他想到了一个绝妙的主意。他按铃叫来一个送信的男孩儿。他显得那么不耐烦，把罗尔斯吓呆了。蒙提写了如下的电报：

斯威伦根·琼斯，

比尤特，蒙大拿

如果有人愿意嫁给我，我是否可以结婚，并把全部财产转移给妻子？

蒙哥马利·布鲁斯特

“那样做有什么不合理吗？”在那个男孩儿离开后，他自问道，“把财产转移给妻子既不是借款，也不是捐款。老琼斯有可能把那称作可以避免的挥霍，因为他是个光棍儿，可人们一般都这么做，因为这么做划算。”蒙提满怀希望。

他按照他碰到麻烦时的习惯，求助于玛格丽特·格雷。他总是可以找她征求建议，寻求安慰。她将会参加他的下一场晚宴。通过提到其他客人，把她引到这个话题上很容易。

“还有芭芭拉·德鲁。”在历数其他所有客人后，他最后说。他们单独在书房里。由于他的叙述，她洞悉了晚宴的细节。

“你举行第一次晚宴时，她不就在吗？”她马上问道。

他假装有些尴尬，装得挺像。

“是啊！”

“她肯定很迷人。”佩吉没有嫉妒的意思。

“她是迷人。说真的，她是最迷人的人之一，佩吉。”他说。他这句话为他接下来要说的话铺平了道路。

“她看样子太喜欢那个小公爵了。”

“他就是个无赖！”他说。

“好了，别往心里去。你用不着非她不娶。”佩吉笑着说。

“可我的确往心里去了，佩吉，”蒙提严肃地说，“我受了不小的打击，想请你帮忙。在这种事上，妹妹的建议一向是最好的。”

她有些木然地盯着他的眼睛，盯了那么一会儿。她没有意识到他的坦白的全部意义。

“你，蒙提？”她说，口气里透着怀疑。

“我已经狂热地爱上了，佩吉，”他回答说。他的眼睛死死地盯着地板。她理解不了突然笼罩了房间的那种阴冷的气氛。她感到一种难以言说的、奇怪的孤独感。她的喉咙仿佛卡着一个小东西，咽不下去，吐不出来。她身上好像压着个沉甸甸的东西，她甩都甩不掉。他看到了她奇怪的眼神，和僵在她嘴唇上的迟疑的微笑，但他把它们当作惊讶、怀疑的表现。这些年里，他不知何故已经变了，并且就在她的眼皮子底下，她正在看的是一种新人。他再也不是那个作为哥哥的蒙提了，但她也无法解释那种变化是在何时、怎样产生的。这一切究竟意味着什么？“如果那能让你幸福，我会非常高兴，蒙提，”她慢慢地说，她的嘴唇又从灰白色变成了红色，“她知道吗？”

“我还没有好好跟她说，佩吉，可……可我打算今晚说。”他说。他的口气有些迟疑。

“今晚？”

“我等不了了，”蒙提一边说，一边站起身来要走，“你高兴，我就开心了，佩吉。我需要你的祝福。还有，佩吉，”他接着说，语气里有一丝孩子气的渴望，“你不觉得这是个机会吗？那个英国人已经让我难受好一阵子了。”

她说：“蒙提，你是这个世界上最棒的。祝你旗开得胜。”这话说出来并不容易。

她站在窗户旁，望着他匆匆走在街上。她想知道他会不会转过身来向她挥手，因为那是他保持了多年的习惯。但他宽阔的脊背直挺挺的，没有转过去的迹象。他迈着大步，很快就从她的视线中消失了，但过了很久，她才把视线从他消失在人群里的那个地方移开，有些怅然若失。当她把思绪转回到房间时，它看上去有些灰暗，并且情况多少有些不同了。

蒙提回到了家，看到了琼斯先生发来的电报：

蒙提·布鲁斯特，

纽约城

干好你自己的事情，你这个大傻瓜。

S. 琼斯

第九章

爱和职业拳击

我们最好不要复述在读了电报后，布鲁斯特就 S. 琼斯的回复说的那些话。但是，在说了那些话后，布鲁斯特觉得心情好多了。他开始读那篇将于那天晚上在旧金山举行的职业拳击大赛的报道。他津津有味地读着对“上勾拳”和“左勾拳”的描述，并意外地发现这场比赛完全是一边倒。当地一个业余选手要和一位冠军对垒。布鲁斯特马上明白这是个机会，然后哄骗自己相信斯威伦根·琼斯不可能反对这样一种运动员精神的展示，他让哈里森就结果押了好几注，他暗示，他有理由认为最有可能获胜的一方要输。哈里森立即在那个人身上押了 3000 美元。他对那种结果深信不疑，于是当他收到哈里森的报告时，他把赌金记到了他的总账的收入方里。

在做了这件事之后，布鲁斯特给德鲁小姐打了电话。如果那天下午她在现场，那么她肯定不会对他的询问的意义浑然不觉。她最近发现他有些不自在，有些闷闷不乐，有时候还脾气暴躁。每个没事儿就琢磨男人的女孩儿都认得出这些症状，并且知道如何治疗它们。芭芭拉以这种方式应付过不少遭受折磨的男人，凭借经验缓和了他们想见她的急切恳求和强烈期盼。这么做她乐在其中，因为她非常喜欢布鲁斯特，无法确定他的想法让她感到焦虑，说真的，她对他的喜欢比她刚开始打算承认的要强烈得多。

在将近 5 点半的时候，他抵达了。这一次，一向冷静的德鲁小姐有点儿气愤。她确信他此次来的目的，因此他的迟到多少让人有些生气。他为迟到道了歉，然后成功地消除了她的不快。他自然不可能把他所有的秘密都告诉她，这就是他为什么不告诉她，格兰特 - 瑞普利律师事务所给他打了电话，汇报了斯威伦根 · 琼斯发来的电报。在电报中，琼斯言简意赅地说，他就是请整个蒙大拿州的人吃饭，也花不了 6000 美元。除此之外，他什么也没说。布鲁斯特非常惊慌，赶忙去了那个律师事务所。他匆匆进门时，他们笑了。

“天呀！”他喊道，“难道那个吝啬的老乡巴佬想让我把 100 万用到买报纸、香烟和波士顿猎狗上吗？我觉得他真通情达理！”

“他显然看了报纸上对你的晚宴的报道，而这不过是他的看法。”瑞普利先生说。

“那要么是警告，要么就是在含糊其辞地夸我。”布鲁斯特咆哮着说，他有些厌恶。

“我不认为他不赞成，布鲁斯特先生。在西部，老先生以风趣著称。”

“风趣，啊？那他就会欣赏我做出的回复了。你有空白电报纸吗，格兰特先生？”

两分钟后，布鲁斯特起草好了电文，等着送信的男孩儿来取。

他无动于衷地向格兰特和瑞普利两位先生保证，他“根本”不“在乎后果”：

纽约，10 月 23 日

斯威伦根·琼斯，

比尤特，蒙大拿

你做这件事肯定用不了 6000 美元。蒙大拿被认为是世界上最好的牧区，可我们在纽约不吃那种东西。那就是这里居大不易的原因。

蒙哥马利·布鲁斯特

就在他离开他的公寓去德鲁小姐家之前，他收到了来自遥远的蒙大拿的回复：

比尤特，蒙大拿，10 月 23 日

蒙哥马利·布鲁斯特，

纽约

我们比海平面高了八千英尺。我觉得这就是我们生活水平高而花费少的原因。

S. 琼斯

“我就要绝望了，蒙提。”当他消了怒气、想起还有更重要的事情要做时，德鲁小姐抱怨说。

他炯炯的目光让她的脸颊微微泛起红晕。她刚才还有些恼怒，现在心情又平静下来。沉默片刻是有必要的。蒙提环顾了一下房间，不知道如何开口，情况并不像他想的那样容易。

“你愿意见我，这很好，”他终于开口了，“我今晚真的有必要和你谈谈。我再也受不了那种悬而未决的状态了。芭芭拉，因为你，我已经三四天夜不能寐了。如果我直截了当地给你说了你已经知道的情况，你会不会也夜不能寐？那不会让你感到不安，是吧？”他挣扎着说。

“你想说什么，蒙提？”她假装不明所以地说。她控制她眼神的能力真是好极了。

“我爱你，巴布丝，”他喊道，“我觉得你一直都知道这一点，否则我早就告诉你了。这就是我夜不能寐的原因。我怕你不喜欢我，都快疯掉了。再也不能这样了，我今天就要知道你的想法。”

她的目光闪烁了一下，这让她难以假装漠不关心了。他近乎耳语的话语让她浑身发热。她曾经盼着有这样一种与众不同的情感，结果他的坦白彻底解除了她的武装。他热烈、突如其来的求爱表明，他坚信自己不会被拒绝，他虽然没有这么说，但他说话的方式却表明了这一点。一股喜悦的巨浪涌遍芭芭拉的全身，让她的每根神经都感到震颤。在此期间，她想戏弄一下他的情感的决心也受到阻碍，让她几乎要缴械投降。他紧握着她的手，欣喜地重新向她的心发动攻击。但是，她很快就重新控制住了自己的情绪。他不知道，他每前进一步，就离失败更近了一步。芭芭拉爱布鲁斯特，但她要他为她暂时丧失的冷静付出高昂的代价。等轮到她开口了，她又成了那个通达人情世故的德鲁小姐，而非恋爱中的少女。

“我非常喜欢你，蒙提，”她说，“可我怀疑我对你的喜欢是否足以……让我嫁给你。”

“我们相识的时间不算长，巴布丝，”他轻声说，“但我觉得，我们的相互了解已经足够，不用怀疑。”

“就好像你说了算一样，”她以责备的口吻说，“你就不能给我一点儿时间，让我相信我正如你希望的那样爱你吗？如果我想和我要嫁的那个人幸福地生活，我必须爱他到某种程度，你不能给我一点儿时间，让我相信我对你的爱已经到了那种程度吗？”

“我忘乎所以了。”他低声下气地说。

“你忘了我，”她温和地抗议道。她被他表现出的懊悔感动了。“我真的在乎你，蒙提，可难道你不明白，你求我的不是小事？在我……之前，在……之前，我必须确定……非常确定……”

“不要这么烦恼，”他恳求说，“你会爱我的，我知道，因为你现在就爱我。这对我很重要，但这对你更重要。你就是那个女人，你就是那个我应该考虑她的幸福的女人。我希望等我再次来找你，给你讲同样的故事，问同样的问题，你能毫不畏惧地把你自己托付给我，否则我就活不下去。”

“你应该因为那种东西而快乐。”她真诚地说。当她的眼睛盯着他的眼睛时，她费了好大劲儿，才没让她的眼神摇摆不定。

“你会让我尝试让你爱上我吗？”他急切地问道。

“我也许不值得你那样做。”

“我想试试。”他回答说。

在他离开后，她感到有些失落。他的恳求没有她预料和希望的那样热烈，她有些气恼。那种气恼折腾了她一个晚上。她虽然做出了努力，但没能把它消除。

布鲁斯特步行去了俱乐部，为他自己至少已经开始行动而高兴。他的境况现在已经清楚了。除了失去一笔财富，他必须在公开的竞争中赢得芭芭拉的垂青。

那天晚上，他在剧院见到了哈里森。哈里森同样兴高采烈。

“你从哪里得到了那个消息？”哈里森问道。

“消息？什么消息？”布鲁斯特反问道。

“关于职业拳击的？”

布鲁斯特的脸色变了。他有了一种不祥之感。

“怎么……是什么结果？”他问道。他确信答案是什么。

“你没听说吗？你下注的那个人在第五回合里击倒了对手，让每个人都感到意外。”

第十章

金融界的拿破仑

对布鲁斯特来说，接下来的两个月非常忙碌。德鲁小姐见到他的次数还是和那次重要的会见之前差不多，但对她来说，他始终都是一个谜。

“他的态度有些变了，”她想。紧接着，她又想起了那句话：“热烈追求女孩儿的男人通常就像追赶电车的人，追到了就会坐下来读报纸。”

说真的，在头几天过后，蒙提似乎已经忘了他的竞争对手，他觉得他的地位已经牢固，可以高枕无忧了。他每天都给她送花，觉得他已经尽到他的职责。他在买花上花的钱不少，但在这种情况下，他几乎忘了他在他对芭芭拉的爱中所肩负的使命。

蒙提的态度变化不是由于他缺少爱，而是由于他投入的那种不浪漫的行当。在他看来，即使他想，也想不出新的方法，一天挣 1.6 万美元。虽然他在赛跑中仍然遥遥领先，但要不了多久，他就会严重缺少花钱机会。十场大型晚宴和一系列游玩之后的晚餐维持着一个虽然不错但还不够的平均花费。他也能够明白，采取激进措施的时机成熟了，他不能没完没了地举办晚宴。人们已经开始议论说，他这是要跻身社交名人录。他也不想成为城里的笑柄，轻蔑、挖苦的话语虽然不多，但已经让他感到不快。这些话语主要来自女人，但也因此反映了男人的看法。德鲁小姐显然没有恶意的嘲讽和丹夫人的公开批评足以表明风力有多大，但最能说明问题的是佩吉温和的询问。她的语气充满担忧，让他明白，他的肆意挥霍让她和格雷夫人感到苦恼。与他人的看法相比，她们的看法更让他感到羞愧、耻辱。他无意中听到一位银行董事说："他那个花钱的方法能把埃德温·彼得·布鲁斯特气得在坟墓里翻跟头。"在这句话的刺激下，蒙提决心挽救他在批评者眼中的形象。他要向他们的证明，他的脑子并不是专门用来干蠢事的。

有了这种想法之后，他决定在华尔街引发一场小小的震动。他暗中观察了几天股市，不断地向朋友询问价格问题。通过大量的阅读和观察，他最后确信，"一般木材和燃料"是他可以安全投资的股票。他抛掉就涉及斯威伦根·琼斯而言的所有担忧，为他下个9月23日之前在股票交易所进行的唯一的冒险做起了准备。他以一个将军拥有的全部狡诈和狡猾，制订了攻击计划。当他要求加德纳大量买入"木材和燃料"时，加德纳脸上露出了绝望的表情。

"天啊，蒙提，"那个经纪人喊道，"你在开玩笑。木材已经到头了，一丁点儿也不会再涨了。听我的，别碰它。它今天以111.75点开盘，收于109点。嗨，伙计，你想都不要想它。"

"我精通本行，加德纳。"布鲁斯特平静地说。当他看到他朋友羞愧得脸都红了，他十分愧疚。他的话语戳到了加德纳的痛处。

“可是，蒙提，我知道我在说什么。至少让我给你说说这只股票的情况。”尽管遭到伤害，埃隆还是忠诚地恳求道。

“加迪，我已经认真研究过这个东西了。如果有谁确信过某种东西的话，那就是我对这种东西的确信。”蒙提坚决但又亲切地说。

“相信我说的话吧，木材不可能再涨了。想一下目前的情况吧，北方和西方的木材商存货太多，很快就要下跌了。等时候到了，那只股票就要被降价抛售了。暴跌随时都有可能发生。”

“我已经拿定主意，”蒙提口气坚决地说，加德纳绝望了，“明天开盘时你执行不执行我的命令？我先买 1 万股。如果我要为它付 10 个点的保证金，我需要拿出多少钱？”

“至少要 10 万美元，不包括佣金，佣金是 100 股 12.5 美元。”虽然加德纳极力反对，布鲁斯特仍然坚持他的计划。第二天上午，加德纳执行了他的命令。他知道布鲁斯特只有一次赢的机会，那就是一次全部买进，而不是通过几个经纪人分批买进。蒙提忽视了这一点。

股票交易所已经波澜不兴地运行了几个星期，没有什么活跃的东西，连最轻微的波动都被当成了大事。每个人都知道，那种平静将在近期的某一天被扰乱，但没有人认为“木材和燃料”会引发轰动。暴跌将至是可预料的结果，并且那种股票几乎没有任何交易。当埃隆·加德纳代表蒙哥马利·布鲁斯特在 108.75 点时买进 1 万股时，股票交易所的人惊讶得屏住了呼吸，然后揉了揉眼睛，接着就骚动起来。惊讶过后是紧张，接着搏杀就来了。

布鲁斯特坚信那只股票不可能再涨，迟早要下跌，于是平静地骑着马去白雪覆盖的公园里兜风了。尽管他知道那种投机将会遭遇通常意义上的失败，但想到自己在做点儿什么，他还是很高兴的。他也许是个傻瓜，但他至少不再无所作为了。户外的空气让人感觉舒适。而无论是亮闪闪的雪地，还是兴奋的马匹，抑或是他周遭的勃勃生机，都让他感到振奋。

他的内心深处仿佛响起了欢呼和鼓掌的声音。他在中午之前不久抵达了他的俱乐部，要在那里和德鲁上校共进午餐。在阅览室里，他注意到，人们看他的眼神不再像通常那样漫不经心了。一些人甚至带着鼓励意味冲他微笑，其他人则以最为热忱的方式向他挥手。三四个非常年轻的成员看着他，面露崇拜、嫉妒之色。就连服务员也似乎更加谄媚。这当中有某种奇怪的、让人感到压抑的东西。

当看到布鲁斯特时，德鲁上校令人吃惊地放下了他的架子。他走上前去迎接布鲁斯特，热情地跟布鲁斯特打招呼。

“你是怎么做到的，我的孩子？”上校喊道，“我相信它现在降了一两点了，但半小时前它在飙升。天呀！我从没听说过这么惊人的事情。”

蒙提向股票价格收报机冲去，他的心提到了嗓子眼儿。他没花多长时间，就明白了灾难有多么巨大。加德纳是在 108.75 点时买进的，这一行动似乎给那只股票注入了新的活力。就在它因为缺乏支撑而处在崩盘的边缘时，这一具有轰动效应的 1 万股订购到来了。这只可能出现一种结果，在上午的一段时间里，由于兴奋的持股人买进卖出，“木材和燃料”触及了 113.5 点，并且很有希望牢牢地守住这个关口。

其他人围拢过来，急切地聆听着。布鲁斯特意识到，从这些人的角度来考虑，他在“木材和燃料”上的冲撞是神来之笔，但从他自己的角度来考虑，则是一场灾难。

“我希望你在它冲到最高位时卖掉它。”上校有些担心地说。

“我指示过加德纳，只有当我发了话，才能抛。”蒙提的话有些站不住脚。有几个人吃惊地看着他，脸上露出厌恶的表情。

“好吧，我要是你，我已经让他抛了。”上校冷冷地评论道。

“你的投入的效应已经衰退，布鲁斯特，另一方会压低价格。他们不会再一次被打个措手不及了。”一个旁观者真诚地说。

“你这么认为？”蒙提的声音里透着轻松。

人们纷纷建议立即抛售，但布鲁斯特不为所动。他平静地点上一根烟，以成竹在胸的口吻让他们再等等看看。

“它已经在下跌了。”股票价格收报机旁的一个人说。

当布鲁斯特困惑地看着那些数字时，那只股票已经跌到了 112 点。人们听到他发出了宽慰的叹息，但误解了他的意思，他最后或许会得到拯救。那只股票已经开始下跌，并且似乎没有理由停下来。由于他不打算再买入，那么完全有理由认为支柱就要折断。暴跌势在必行。他差点儿就要高兴地喊一嗓子了。甚至就在他站在股票价格收报机旁时，它就开始报告更进一步的下跌。随着价格下跌，他的希望上升了。

旁观者开始感到厌恶。“那毕竟只是侥幸。”他们互相告诉对方说。他们呼吁德鲁上校敦促蒙提自救。就在德鲁上校要规劝他时，消息来了，说似乎要发生的打击消失了，那些人打算听之任之。就在人们还没来得及喘一口气时，这一令人震惊的消息就产生了影响。由于认为重大打击肯定会发生，再加上一些别的因素，布鲁斯特曾坚信价格不可能保持下去。随着这一危险的消除，再也没有什么东西能危及那只股票的收益能力了。接下来的报告说，它又涨了1点。

“你真狡猾呀，”上校一边说，一边用手指戳了戳蒙提身体的一侧，“我始终对你有信心。”

不到十分钟，“木材和燃料”就涨到了113点，并且仍在不断攀升。布鲁斯特慌了神儿。他冲到电话机旁，给加德纳打了电话。

那个经纪人由于兴奋地大喊大叫，嗓子都嘶哑了。当他听出是布鲁斯特的声音时，他乐了。

“你真厉害呀，蒙提！等闭市了我去看你。你究竟是怎么做到的？”加德纳喊道。

“现在价格是多少？”布鲁斯特问道。

“133.75点，并且一直在涨。太好了！”

“你觉得它会不会又跌？”布鲁斯特问道。

“要是我能帮它一下，那就不会。”

“那很好，去把它抛了吧！”布鲁斯特吼道。

“可它一直在涨，就像……”

“抛了，该死的家伙！你听到了吗？”

茫然、软弱的加德纳开始抛售，最终以114～112.5之间的价格清仓，但布鲁斯特已经净赚58550美元。这完全是因为沉不住气的是他，而不是市场。

第十一章

抱薪救火

让他的朋友对他刮目相看的，不是他在投资中大赚了一笔。他的赢利其实非常小，这样的情况在当今的股票交易所屡见不鲜。但是，他显示出的先见之明足以让人们对他的看法发生反转。人们对他产生了新的兴趣，又有了信心。他在股票市场上不走运的操作让他在各个圈子里重新获得了青睐。他既然能用“木材和燃料”做出那样的事情，那么无论他是年轻还是年老，都非常值得人们对他抱有新的希望。

布鲁斯特在两种情绪之间摇摆，不知道自己是高兴还是抑郁。他已经取得了两种成功，一种是他想要的，一种是他不想要的。一方面，对他的冒险给他带来的荣誉，他应该感到自豪；但另一方面，获得了 5 万美元，他又有理由感到绝望。这使他必须采取一个几乎超人般的壮举，也就是增加他 1 月份的花费。他为接下来的春夏两季拟定的计划已经有了一些眉目，其中包括很多惊人的项目。自从他把其中一些项目委托给“诺珀”·哈里森以来，后者的眼神就一直显得忧虑不安。

股票交易所的不幸事件过去也就一两天，罗尔斯就让他的绝望情绪加重了。罗尔斯报告说，他的波士顿猎狗生了 6 只漂亮的小狗。当时在场的乔·布拉格登激动地预言，每只小狗可以卖 100 美元。布鲁斯特喜欢狗，但有那么一会儿，他心里产生了一个可怕的念头，想杀死那些无助的小生灵。不过，他对狗的喜爱最终占了上风。他赶忙和布拉格登一起去查看它们。

“我必须要么卖掉它们，要么杀死它们。”他叹息着说。他指示布拉格登以每只 25 美元的价格把那些小狗卖掉，然后就离开了。他耻于直视它们自豪的妈妈。

然而，那天还没过完，幸运女神就冲他笑了。尽管天气不好，路况很差，他还是开着那辆“绿色重卡”和“萨博威”·史密斯去兜风了。那辆车失控了，直奔地铁开挖现场。他和史密斯跳到人行道上，躲过一劫，只是蹭破了点儿皮，可那辆车却撞毁路障，掉进了深深的沟底。那辆车彻底报废了，净损失 1 万多美元。史密斯有些伤心，蒙提则感到高兴。蒙提的高兴劲儿没持续多久，因为他们很快就获悉，沟底有三个不走运的工人，他们被从上面掉下来的绿色“陨石”砸成了重伤。蒙提有能力大方地补偿那几个可怜的家伙，并且也真的这么做了，但他几乎没有得到安慰。他的粗心大意，甚至可以说他的冷漠，给那些人和他们的家人带来了不幸，令人不堪回首。通过和解，他避免了官司。每个伤者获赔 4000 美元。

在这个时代，人人都对阿斯托利亚的义卖会感兴趣。社会在表演，公众愿意为看一眼在社会新闻栏里挂名的男男女女的特权而付费。布鲁斯特经常光顾德鲁小姐负责的摊位，并且他的乐善好施似平刹不住车。义卖会持续了两天两夜。在此之后，他的账簿显示，他“赢利”了差不多 3000 美元。但蒙提的平静受到了干扰——漂亮的芭芭拉的微笑有了一个新的、咄咄逼人的索取者。那是一个很有钱的加利福尼亚人，非常自信，名叫罗德尼·格莱姆斯。几封写给纽约的人们的信让他捷足先登。五十年来，他不仅情场得意，在金融界也顺风顺水。这让他彻底没了那种也许与生俱来的羞怯。他在金融界大获成功，坐拥四五百万资产。他在情场上也进展顺利，两次成为鳏夫。他曾征服过玛丽·法雷尔，采矿场的厨子；还有简·布斯罗伊德，学校教师。简到加利福尼亚就是为了嫁给第一个向她求婚的男人。娶玛丽时，他是一个不名一文的探矿者。等他领着简走向圣坛时，她为俘获一个身价至少 5 万美元的丈夫而深感欣喜。他打算以征服她们的冲劲儿，赢得芭芭拉的芳心。

格莱姆斯在光顾芭芭拉的摊位上和布鲁斯特较上了劲儿，以一种似乎注定势不可当的狂热冲进了战场。布鲁斯特被晾在了一边。芭芭拉就像一种采矿权那样，被优先占有了。在抵达纽约十天后，格莱姆斯成了城里最受热议的人物。然而，布鲁斯特不是那种轻易认输的人。他承认格莱姆斯是个障碍，但不承认后者是对手。他再次披挂上阵，使出一个寻求保护而非征服的斗士的热情，来困扰芭芭拉。他认为那个加利福尼亚人是个骗子，有必要采取特殊行动。“我知道他的老底儿，”一天，在确定他的处境后，他说，“嗨，他父亲受到过 V. C. 的嘉奖，在 49 号海岸上。”

“维多利亚十字勋章 [1]？”芭芭拉天真地问道。

[1] 原文为“Victoria Cross”。

“不，是保安委员会[1]。”

蒙提以这种方式击败了敌人，并且在下一个星期结束前清理了战场。格莱姆斯转移了他令人反感的情感，甚至没有请求芭芭拉当他的第三任妻子。蒙提的战斗热情是那样高涨，结果他可悲地忽视了其他责任，远远落在了他恣意挥霍的平均花费的后面。随着格莱姆斯被干掉，他再次放弃了情场，疲惫地把他全部的注意力都放在了他特殊的业务上。

这样敷衍了事的游戏态度让芭芭拉大为恼火。她先是感到意外，然后感到不满，最后感到气愤。蒙提渐渐意识到了那个令人痛苦的现实，用他自己的话说，她将会变得难以对付。于是，他立即采取措施，以便使波涛汹涌的大海平静下来。让他感到惊讶和忧虑的是，她不为所动。

“蒙提，你想没想过，”她的声音虽然温和，却有些冷淡，与热情相去甚远，“你有些太霸道了？你从哪里获得了干涉我的基本权利的权利？你好像觉得，我不该和除你之外的任何男人说话。”

“啊，你这是说的什么话呀？巴布丝，”蒙提反驳道，“我从没那样不讲理过。你自己也知道，格莱姆斯是最坏的那种土豪。”

“我才不懂那种东西呢，”芭芭拉回答道，她越来越恼火，“只要有男人冲我笑笑，或送给我一朵花，你就那样说人家。这是不是意味着，你的品位太差？”

“别傻了，芭芭拉。你很清楚，你和加德纳没少聊，还有瓦伦丁那个蠢货，我什么都没说。可有些事情我受不了，格莱姆斯的放

[1] 原文为“vigilance committee”。

肆是其中之一。天啊！他色眯眯地看着你，就好像你是他的人一样。你知不知道，有好几回，我难受得都想把他撂倒！”

面对他的蛮横，芭芭拉心里有些犯怵，但是，她完全没有表现出来。

“你从来没有想过，”她以令人气恼的冷淡口吻说，“我应付得了那种情况。我觉得，你认为只要格莱姆斯先生招招手，我就会欣喜地过去。我现在就要让你知道，蒙提·布鲁斯特，我完全有能力选择我的朋友，有能力应付他们。格莱姆斯先生有个性，我喜欢他。他的人生奋发有为，而你却娇生惯养。他一年见过的世面多得你这辈子想都想不到。他的人生才是真正的人生，蒙提·布鲁斯特，你的人生不过是一种赝品。”

她的话让蒙提深受打击，不过也让他冷静下来了。

“巴布丝，”他语气温和地说，“我不能接受你的说法。你其实并不是那意思，是吧？我真的那样糟糕吗？”

那是一个可以让他占据优势的时刻，但他错过了。他的温和没有打动她。

“蒙提，”她厉声说，“你简直要把人气死。你一定要记住，这个世界上不止有你和你的 100 万。”

他的血此时在往上涌。这让他愤然离开了她。

“也许总有一天你会发现，除此之外没有多少东西。有件事你要明白，我不是任人玩过就扔的东西。我受不了。”

他昂首挺胸离开了她的家，脸气得通红，觉得芭芭拉是最不讲理的女人。与此同时，芭芭拉也一直哭到睡着了。她发誓，这辈子都不会再爱上他。

当蒙提离开芭芭拉的家时，刀子一般锋利的风刮着他的脸。他难受极了。

“举起手来！”一个沙哑、凶狠的声音从某个地方传了过来。蒙提一下子愣住了，不知所措，但紧接着他就看到，两个模糊的人影走到了他身边。“站在那里别动，小子！”一个声音命令道。蒙提马上停住了。他想干一架，但就在此时，他看见了一把左轮手枪，于是改变了主意。蒙提不是胆小鬼，但也不是傻瓜。他马上明白，反抗是没有用的。

“你们想干什么？”他尽可能以平静的口吻问道。

“快点儿举起手！”他马上照做了。

“别喊，否则有你受的。你知道我们想要干啥。动手吧，比尔。我看着他的手。”

“你们随意，兄弟。我不会傻到连命都不要了。别揍我，也不要开枪，就这样。麻利点儿，要是我的外衣敞开的时间太长，我非感冒不可。今晚生意怎么样？”无论从哪一点来看，布鲁斯特都是纽约最镇定的人。

“挺让人难受的！”那个搜身的人说，“你是这个星期我们见到的第一个看上去还不错的家伙。”

“我希望你们不会失望，”蒙提亲切地说，“要是事先料到会碰到你们，我会多带点儿钱的。”

“我猜我们会满意的，”那个拿左轮手枪的人轻声笑了，“你真是太好、太客气了。先生，也许你不介意告诉我们你啥时候再走这条路。”

“和你合作就是愉快，兄弟，”另外一个人一边说，一边把蒙提价值 300 美元的手表揣到他的兜里，“看你这人挺老实的，我们会给你留车票钱。”他摸索着布鲁斯特的口袋，快得就像一台机器。“你不太喜欢珠宝，我猜。这些衬衫扣子是真东西吗？”

“它们是珍珠。”蒙提高兴地说。

“那是我最喜欢的珠宝，”那个拿左轮手枪的人说，“把它们剪掉，比尔。”

“别划衬衫，”蒙提极力要求，“我要去参加一场小小的晚宴。我可不想让衬衫前襟上有洞。”

“我会尽可能小心的，先生。好了，我猜差不多了。我要不要给你喊辆出租车，先生？”

“不了，谢谢，我想我可以步行。”

“好吧，向南走一百步，不要回头。你的和气救了你的命。我猜你懂我说的啥意思，兄弟。”

“我确信我懂。晚安。”

“晚安。”那两个劫匪哧哧地笑了。但是，布鲁斯特犹豫了一会儿，突然想起了一件事。

“天呀！”他喊道，“你们两位老弟真粗心呀。你们难道不知道，你们没有搜到这个外衣口袋里的一卷钱？有 300 美元呢！”那两个家伙气都喘不上来了，因为觉得难以置信而骂骂咧咧。他们显然不相信他们的耳朵。

“再说一遍。”比尔咕哝着，感到困惑。

“他在骗我们，比尔。”另一个人说。

“肯定，”比尔吼道，“用这法子来对付我们挺不错的，先生。现在往前走，别回头。”

“好吧，你们真是一对好强盗！”蒙提气愤地喊道。

“娘的……别嚷嚷。”

“那样做生意可不成。你们难道希望我把货从我的口袋里拿出来，再放到银托盘上交给你们吗？”

“举起你的手！你不要耍心眼儿，不然就等着吃枪子儿吧！”

“不，我不会的。我是真心实意的。你们太匆忙，没看见一卷票子。我不忍心看你们费了那么大劲儿却吃了亏。我举着手呢。你们自己看吧，看看我对你们说的是不是实话。”

“你究竟想干啥？”比尔低声吼道，他有些茫然，不知所措。“我真想不出你在想啥，”他喊道，他真的感到惊讶，“你不像喝醉酒的样子，也不疯，但你肯定有问题。你真的想把它给我们吗？”

“你很容易就能找出来。”

“好吧，我不愿意干那事儿，老大，但我想，我们干脆把外衣给拿走吧！这看上去像个花招，我们不要冒险。把外衣脱下来。”

蒙提的外衣瞬间就被扒掉了。他站在两个目瞪口呆的劫匪面前，打着哆嗦。

“我们会把外衣留在下一个拐角，兄弟。天气冷，你比我们更需要它。你太过分了，真是过分。再见吧。直着往前走，不要喊。”

布鲁斯特没过几分钟就找到了他的外衣，然后吹着口哨走进了夜色之中。那卷钞票不见了。

第十二章
圣诞节的绝望

布鲁斯特在俱乐部有声有色地讲了他被“打劫”的事情，不过他没有讲述全部细节。听众中有个锐意改革的警长。于是，第二天上午，布鲁斯特被传唤到警局，去指认被抓到的“嫌疑人”。第一个嫌疑人长相粗野，布鲁斯特几乎一眼就认出了他是谁。没错，他就是比尔。

“嗨，比尔，”蒙提愉快地打了招呼。比尔咬牙切齿了一会儿，但他的眼神却在恳求。蒙提心软了。

“你认识他，布鲁斯特先生？”警长问。比尔一脸绝望。

“认识比尔？”蒙提吃惊地问，“我当然认识，警长。”

“他昨天深夜被抓，遭到拘押，因为他不交代他都干了什么。”

“那挺难受的吧，比尔？”布鲁斯特笑着问道。比尔咕哝了几句，装出一副满不在乎的表情。布鲁斯特的态度让他大惑不解。有那么一会儿，他几乎无法呼吸，显然在倒抽凉气。

“不是比尔，警长。就在我的钱被抢之前，他和我在一起。他要是抢了我，我会知道的。在外面等我，比尔，我有话要对你说。我敢肯定，这里面的窃贼没有一个是昨晚抢劫我的罪犯，警长。”在比尔遵照吩咐出列后，布鲁斯特说。

在门外，那个摸不着头脑的劫匪见到了布鲁斯特。布鲁斯特热情地握了握他的手。

“你真是好人，”比尔低声感谢道，“你为啥这么做，先生？”

“因为你心好，没有割破我的衬衫。”

“哦，你说的没错，就是那样。你能否赏脸和我喝一杯？那是你的钱，不过喝一杯也不错呀！我们已经花得差不多了，不过这里还剩一些。”比尔把一卷钞票递给蒙提。

“你当时要是打一架，我就会留着它，”比尔接着说，“可现在留着它就没道理了。”

布鲁斯特拒绝要钱，但拿回了他的手表。“留着吧，比尔，”他说，“你比我更需要钱。这够你改行用了。干吗不试试呢？”

“那我就试试吧，老大。”比尔千恩万谢，这让蒙提难以转身走掉。当蒙提登上一辆出租车时，比尔说：“我会试试的，老大。说真的，如果你有啥事需要我帮忙，尽管说，我一定效劳。”

蒙提让司机把他拉到他的俱乐部，但经过沃尔多夫时，他突然想起有些事要和丹夫人说说，于是让司机改道。过了一会儿，他就在丹夫人别致的居所里受到了接待。她穿着一件淡紫色的衣服。那件衣服轻盈而得体，轻轻摇摆着，甚至能让你看见它不断变化的阴影。蒙提打量了她一番，觉得她简直像画中人。

“你今天上午看上去真美，夫人，”他开口说道，“谁和你比都相形见绌。”

“你今天嘴不是一般的甜，蒙提，”她笑着说，“最近日子过得挺惬意的吧？”

“十分惬意，”他一边说，一边看着她，“你知道吗，丹夫人，我有时觉得，有些东西真是太有价值了。”

“噢，你要是这么说，”她漫不经心地说，“一切都有价值。蒙提，对你来说，生活肯定有滋有味。你可以高高在上，你可以随心所欲。你现在难道过得不顺心吗，蒙提？”她的口气比较严肃了。“出什么问题了？难道是太顺利了？”

她的同情让他的情绪好了一些。“嗨，不，”他说，“不是那么回事。你挺好的……我就是个自私的家伙。有时候，事情挺棘手，人们也非常固执。我这是在向你倒倒苦水。你不会蛮不讲理，也不会固执己见。你是个大好人，丹夫人，你能帮我不少忙呢！”

“好了，蒙提，你这么殷勤，让我吃不消。我和你是患难与共的朋友。你有事只管说。”

“我来就是想找你帮忙的。我厌倦了那些该死的晚宴，你自己也知道，它们都差不多，一样的人，一样的花，吃的东西一样，聊同样的废话。谁在乎呀？”

“好了，我喜欢它们，”她插话道，“毕竟举办那些晚宴的主意是我出的，毕竟我为办出花样出了不少力。我亲爱的朋友，你真是太不懂得感恩了。”

“嗨，你知道我说的什么意思。你和我一样清楚，我说的绝对是实话。那些晚宴太无聊了，这反倒证明它们很成功。你花的心思没白费，可现在我想干点儿别的。我们必须抓紧举办我们一直在商讨的舞会。还有游艇巡游，那也不能等太久了。”

“先办舞会，”她命令道，“我马上去看名片。我一两天就能准备好名单，恭候你的批准。你做了些什么？”

“关于重新装修雪利的公寓，佩廷吉尔有一些好主意。哈里森正在和你说的那个匈牙利管弦乐团的经理联系，他还发现人们十分乐意乘船旅游一下。我们还联系了那个军乐队来演奏舞曲，不过我把那个团的番号忘了。还有那个最近在巴黎引起轰动的女低音歌手，她将和她的首席男高音一起过来唱几段。”

“你肯定适合当领导，蒙提，”丹夫人说，“但就算把音乐和装饰安排了，那也只是个开头。那些安排是一流的，而只要你发话，我们就会给它们来个锦上添花。不用担心，蒙提。就这么定了。我们一起把它完成。”

“你真好呀，丹夫人，”他叫道，“你真是帮了我大忙了。”

“不用客气，蒙提，”她回答道，“等过了圣诞节吧，到时候我会把一切都安排妥当。其他人也许会戴上他们的纸帽子，披上粉红色缎带，但你可以向他们证明，事情究竟应该怎么办。”

她提到了圣诞节。当他坐车前往第五大街时，他一直在想着圣诞节，害怕再次大祸临头。他以前从没为礼物头痛过，但这一年不同了。他立即开始盘算给他的朋友们送一大批昂贵的小玩意儿。就在此时，他突然有些吃不准他舅舅的执行人对这一举动的看法了。不过，在回复他的电报时，斯威伦根·琼斯告诉他，“只要是还有点儿人情味儿的人，都会认为给那些值得获得圣诞礼物的人送礼物是他的分内之事。”琼斯的话虽然不客气，但蒙提感到高兴。他现在知道怎么办了。如果他的朋友们想通过送礼物妨碍他，他知道和他们扯平的办法。有两个星期，他上午都是在蒂芙尼商店度过的，下午则到第四、第五大街古董店买古董，让那里的古董商心里乐开了花。他花了不少心思，买到了很多能巧妙隐藏其价值的小物件。他还是有品位的。他努力的结果就是，到了圣诞节前夜，就连那些拿着名片也想不起来蒙提是谁的人，都收到了意外的惊喜。

事实证明，在礼物的问题上，他处理得相当不错。有那么几天，他花了很多时间读感谢信。感谢信挺多的。他们在表达谢意的同时，也隐约流露出一丝愧疚。格雷母女和丹夫人的感谢信朴实无华，令人愉快。有些“富人家的小儿子们”的感谢信就太过火了。朋友们还保留着两个星期聚一晚的习惯，目的是“用光”他们在“蒙提饭店”的“餐券”。德鲁小姐已经忘记了他。圣诞节过后他们相遇时，她给出了最为冷淡的夸奖。他曾经想，在那种情况下，他可以给她送一份贵重的礼物。但他为了求和而送的漂亮珍珠被退了回来，还附着“德鲁小姐的感谢”。他真的爱芭芭拉，她的这种做法伤了他的心。他向佩吉吐露了他的心事，佩吉的鼓励则让他得到了安慰。让佩吉建议他再试一次有些难，但她心里装着他的幸福。

“这太不公平了，佩吉，”他说，“我曾经真的对她一往情深。我觉得我会和她断绝恋爱关系，离开纽约。”

“你要离开？”她的呼吸只是稍微顿了一下。

“我打算租一艘游艇，到外面待三四个月。”

佩吉明显呼吸沉重起来。“你觉得这个方案怎么样？”他补了一句。他注意到，她的眼神有些惊恐，还有些怀疑。

“我觉得你最终会混到济贫院里，蒙哥马利·布鲁斯特。”她大笑着说。

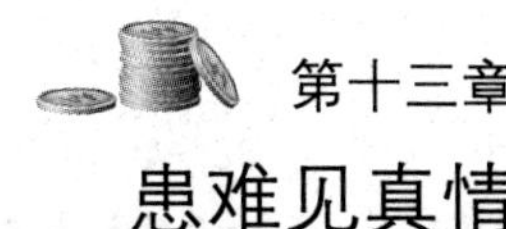

第十三章 患难见真情

就在布鲁斯特深陷绝望时，他在财务上却有了意外的收获。他存款的一家银行倒闭了，他超过10万美元的存款一扫而光。经营不善是那家银行倒闭的原因。它是在星期五、那个月的13日倒闭的。不用说，这让布鲁斯特再也不迷信星期五和13这个数字了。

布鲁斯特的钱存在五家银行里。他之所以这么做，是因为他非常希望其中一家有一天会停止营业，从而为他带来一种合法的收益。那家银行似乎没有恢复营业的希望了。如果储户的1美元能捞回来20美分，就算幸运了。尽管人人都曾经认为那家银行实力雄厚，但还是有不少人说布鲁斯特是个傻瓜，并且毫无道理地指责他不知道如何打理他的钱。他听说，在提到他的愚蠢时，德鲁小姐尤其尖刻。

那家银行的倒闭在金融界造成了巨大的恐慌。人们自然要问到和其他银行的稳定性有关的问题。在人们疯掉之前不久，令人不安的报道就满天飞了。焦急的储户冲进大银行，然后又冲出来，在一定程度上确信不存在危险。报纸试图平息人们的担心，但很多人从担心变成了恐慌。一些较小的银行曾经出现过短暂的挤兑，但让人们恢复信心的希望还是有的。可就在此时，有流言说，曼哈顿岛银行出现了问题，而铁路大亨普伦蒂斯·德鲁正是这家银行的董事长。

在那家银行倒闭之后的第一个星期二，当曼哈顿岛银行开门营业时，吓坏了的储户蜂拥而至。不到 11 点，很大一部分存款就被取走了，无论多少证据都制止不了这种突袭。德鲁上校和董事们最初只是稍感忧虑，但紧接着，当他们看到事态的严重性时，他们也变得比较恐慌了。他们不敢让公众看到这种情况。所有银行的借款数额都非常巨大。最初几家银行发生的挤兑让他们谨慎起来。他们怕自己的利益受到威胁，自然不愿意向曼哈顿岛银行伸出援手。

蒙提在德鲁上校的银行存了大约 20 万美元。如果这家银行倒闭，他不会为他自己的利益受损而后悔，但他意识到，这会影响到成千上万的其他储户。他第一次意识到他的钱能够产生什么样的作用。想到他的出现也许会给其他储户信心，制止挤兑，于是他和哈里森、布拉格登去了这家银行。他的朋友强烈建议他取出他的存款，以免为时已晚，但他坚持己见。他们认为他这是想帮助芭芭拉的父亲，于是很钦佩他的勇气。

“我明白，蒙提，”布拉格登说。他和哈里森走到人群中间，装作满不在乎的样子问对方布鲁斯特是否会取走他的钱。“不，他在这里存了 20 多万，他打算继续存着。”另一个会这样说。

他们两个穿梭在紧张不安的人群中，但他们的保证似乎作用甚微。那里的男男女女想拯救他们的财富，局面非常危急。

德鲁上校表面上冷静、沉着，内心却非常紧张。他终于看见了布鲁斯特及其同伴。他派了一个信使过去，请布鲁斯特立即去董事长私人办公室。

“他想帮你拯救你的钱，”布拉格登低声喊道，“这证明大势已去。”

“把每一分钱都取出来，蒙提，一分钟都不要浪费。它注定要完了。”哈里森敦促道。他的眼神显得非常焦躁。

布鲁斯特被带到了上校的私人办公室。德鲁一个人在里面，他在地板上踱着步，犹如一头困兽。

“坐吧，布鲁斯特，如果我显得有些不安，请不要介意。我们肯定能够挺住，但情况很糟糕……很糟糕。他们认为我们试图抢劫他们。他们疯了……真疯了。”

“我以前从没见过这样的阵势，上校。你确信你能满足所有的要求吗？”布鲁斯特十分激动地问道。上校的脸白了，紧张不安地咬着他的雪茄。

“我们能够挺住，除非我们的一些最大的储户也头脑发热，打我们个措手不及。我理解你对这样一件事的感受，明白你为什么这么快到访，但我以我个人的名义向你保证，你在这里存的钱是安全的。我把你叫进来，是想让你认识到银行的安全。但你应该知道真相，偷偷告诉你吧，就在几分钟前，我们支付了奥斯丁的一张支票。这给我们造成了严重的困难，尽管是暂时的。”

“我来是向你保证，我不打算从这家银行取走我的存款，上校。你没必要恐慌……”

门突然开了，银行的一个官员冲了进来。他脸色煞白，张口就要说，但当他看到布鲁斯特，他又绝望地闭了嘴。

“怎么了，摩尔先生？”德鲁尽可能以平静的口吻问道，“不必介意布鲁斯特先生。”

“奥格绍普想取走25万美元。”摩尔紧张地说。

“好吧，他可以取走它，是吧？”上校平静地说。摩尔绝望地看着银行董事长，一言不发，不过此时无声胜有声。

“布鲁斯特，局面看上去很糟，”上校突然转过身去，对年轻人说，“其他银行害怕挤兑，我们不能过于指望它们。一些银行已经帮了我们，其他的拒绝了我们。现在，我不仅要请求你不要取出你的存款，我还想让你在这个关键时刻帮我们一把。”上校看上去老了二十岁，声音明显颤抖着。布鲁斯特立即对他产生了恻隐之心。

“我能做什么，德鲁上校？”他喊道，“我不会取出我的钱，可我不知道我怎样才能进一步帮助你。你说吧，先生。”

“你可以增加在我们银行的存款，从而恢复绝对的信心，蒙提，我亲爱的孩子。”上校慢慢地说，好像害怕遭到拒绝。

“先生，你的意思是说，我可以把我的钱从其他银行取出来，放在这里，从而拯救银行？”蒙提语速缓慢地问道。他这辈子头一回想得这么深入、迅速。他能承受得了拿他的全部财产去赌这家银行的命运的风险吗？如果他有意把一大笔钱存入曼哈顿岛银行这样一个濒临崩溃的金融机构，斯威伦根·琼斯会说什么呢？如果这家银行倒闭了，那他就是蠢到家了。如果他在这场危机中丧失了他的全部钱财，那么无论是琼斯还是世人，都会认为他活该。

“我恳求你，蒙提，帮帮我们。”上校的高傲不见了，“就算我们闭门歇业一个小时，也意味着耻辱，意味着一个需要很多年才能洗刷干净的污点。你用笔写几个字就能恢复人们的信心，就能拯救我们。”

他是芭芭拉的父亲，是一位高傲的老人。而现在，他向布鲁斯特提出了恳求，完全不像平时那个冷酷的人。布鲁斯特又想起了他和芭芭拉的争吵，以及她的薄情寡义。他的笔只要这样或那样地动几下，就能改变她的人生。

两个银行家屏住呼吸站在那里。门外传来急促的脚步声和听不太清的说话声。门再次被推开了，一个职员举手示意摩尔快点儿到银行前台去。摩尔犹豫不决地停了一会儿，他的眼睛盯着布鲁斯特的脸。年轻人知道，时间到了，他要么帮助，要么拒绝。

他立即明白了局面如何，明白了他的责任所在。他想起了格雷夫人和佩吉的钱都存在曼哈顿岛银行里，她们微不足道的财产全都托付给了普伦蒂斯·德鲁及其合伙人，现在它处在危险之中。

“我会尽我所能，上校，”蒙提说，“但有个条件。”

“什么条件？”

“千万不能让芭芭拉知道这一点。”上校吃惊得大口喘起气来，可由于蒙提接着往下说，他就忍住了。“答应我，她将永远不知道这件事。”

“我不明白，但如果你想这样做，那我答应。”

不到半个小时，就有几十万美元来救援这家苦苦挣扎的银行了。那个用好奇的目光观察挤兑的人居然成了它的拯救者。他的钱保住了曼哈顿岛银行。当欣喜的董事长和董事们提出要给他的存款令人吃惊的高利率时，他婉言谢绝了。

第二天，德鲁小姐向人们发出了舞会邀请，蒙哥马利·布鲁斯特先生不在被邀请人之列。

第十四章

德米勒夫人的款待

德鲁小姐的舞会因蒙哥马利·布鲁斯特没有出席而黯然失色。他的确在最后一刻收到了请柬，以及一张语气有些冷淡、勉强的道歉便条。他最初非常失望，但接下来勇敢地保持了他不屑一顾的态度。德鲁上校已经对蒙提颇有好感。可以说，在促成和解的过程中，他扮演了一个独裁者的角色。离舞会还有几天的时候，芭芭拉告诉他，赫伯特·阿林格将会领舞。上校激烈地表达了他的意外，质问道："为什么不让蒙提·布鲁斯特来领舞，巴布丝？"

"布鲁斯特不会来。"她平静地回答说。

"他要出城？"

"我不知道。"她冷冷地说。

"究竟是怎么回事？"

"他没有受到邀请，父亲。"德鲁小姐没好气地说。

"没有受到邀请？"上校惊奇地问道，"这太荒唐了，巴布丝，马上给他送一张请柬。"

“这是我的舞会，父亲，我不想请布鲁斯特先生。”

上校一屁股坐回他的椅子，努力压制心头的怒火。他知道芭芭拉继承了他的任性。他早就知道，对她说任何话最好讲点儿技巧。

“我觉得你和他……”上校的招数已经用尽了。

“我们是……”有那么一会儿，芭芭拉有些失神。“可已经结束了。”芭芭拉说。

“唉，要不是……就不会有舞会了……”可就在此时，上校想起了他向蒙提做出的承诺，于是及时停住了。“我……我的意思是，如果蒙哥马利·布鲁斯特没有受到邀请，那就不要举办舞会了。关于这个问题，我就说这么多。”他一边说，一边跺着脚走出了房间。

芭芭拉在她父亲走后哭了好一阵子，但她意识到父亲的意志就是法律，蒙提必须受到邀请。“我会送一份请柬，”她对自己说，“可如果布鲁斯特先生读了请柬后还会来，我会感到吃惊的。”

然而，蒙哥马利收到请柬时的心情和芭芭拉送请柬时的心情不一样。他只在那份请柬里看到了芭芭拉态度变温和的一线希望，为有可能达成和解而欣喜。接下来的那个星期天，他拜访了德鲁小姐，她的态度却十分冷淡。如果说蒙提曾经想通过敬而远之惩罚她，那么她显然也同样给他造成了很多痛苦。他们多少都有些不快，都固执得令人气愤。布鲁斯特觉得自己受到了伤害和羞辱，而德鲁小姐则觉得他以一种可耻的手段强迫了自己。他现在打算就此罢休，却吃惊地发现她不依不饶。如果他本来打算定下和解的条件，那么当德鲁小姐以冷冷的蔑视对待他的示好时，他就彻底失望了。

“芭芭拉，你知道我非常在乎你，”他在恳求，已经要屈服了，“我确信你并非对我一点儿感觉也没有。你肯定像我一样，也讨厌这种愚蠢的误会。”

“确实，”她一边回答，一边不屑地扬起眉毛，“你要负很大的责任，布鲁斯特先生。”

“我只不过是想起了一个事实：你曾经对我说你在乎。我知道你没做出任何承诺，但这表明你很在乎。一点儿分歧不可能完全改变你的情感。”

“等你愿意尊重我时，我也许会接受你的请求。”她一边说，一边傲慢地站了起来。

“我的请求？”他不喜欢这种说法，他也完全不顾得体与否了，“你要负的责任和我一样大。不要把责任都推给我，德鲁小姐。”

“我暗示过要回到过去的关系吗？不好意思，我要提醒你，你今天是自愿来的，肯定不是我求你来的。”

“嗨，看着我，芭芭拉……”他说。他隐约感到，讲道理是讲不通了。

“我很抱歉，布鲁斯特先生，但是不好意思，我要出去。”

“我真后悔今天打扰了你，德鲁小姐，”他低声下气地说，“也许我以后还能再次见到你。”

当蒙提愤愤不平地离开德鲁小姐的家时，他碰到了上校。蒙提的问候虽然热情，但那个老人依然隐约感到情况不妙。

“你不留下来吃晚饭吗，蒙提？”上校说。他希望他的怀疑是没有根据的。

“谢谢你，上校，今晚不行。”还没等上校挽留他，他就离开了。

当上校走进房间时，芭芭拉正气得流泪。但是，当他开始规劝她时，她的泪水消失了，她变得非常愤怒。

“坦率地说，父亲，你不了解情况，”她放慢语速，以示强调，“我想让你知道，如果蒙哥马利·布鲁斯特再来，我不会见他。”

“如果那是你的态度，芭芭拉，那我也希望你知道我的态度。”上校站在她的面前，气得把什么都忘了，连表面的平静也做不到了。他不顾他对布鲁斯特做出的承诺，简明扼要地给芭芭拉讲了布鲁斯特拯救曼哈顿岛银行的事。“你看，”他补充说，“如果没有那个善良诚恳的小伙子，我们现在就破产了。你还举办什么舞会，你得开音乐课了。这个家永远欢迎蒙哥马利·布鲁斯特，而且你要明白，我的愿望必须得到尊重。你明白吗？”

“完全明白，”芭芭拉平静地说，“他是你的朋友，我会尽量对他客气。”

上校对这样冷漠的顺从并不满意，但他聪明地退出了战场。他离开后，那个被说服的女孩儿待在那里，一言不发，但她眼里闪烁的泪光无法被完全掩盖。虽然她不愿意承认，但那件事真的让她深受感动。这让她知道，既然蒙提·布鲁斯特能够做那样的事情，那么他也会为她做那样的事情。她的嘴唇上泛起喜悦的微笑，但就在此时，她突然想到了他最近的傲慢自大，于是那种微笑马上消失了。她发现，她的怒火是一株植物，需要细心看管。

几天后，当她去参加在德米勒家举行的晚宴时，她的情绪多少有些缓和。她穿着拖地的金色长裙走进去，看到了房间另一头的蒙提·布鲁斯特，心不由得颤动了一下。不过，那只是一种非常小心地遮掩住的激动，布鲁斯特肯定不知道这一点。对他来说，客人的位置就像是一种伪装。他对可以让自己不负责任地戴着面具的前景感到满意。但是，当管家递给他一张卡片，指示他带着德鲁小姐入席时，他的脸色变了。他赶忙找到女主人，尝试向她说明，他不可能那么做。

“我希望你不要误解我，”他说，“可现在真的不能调换我在桌子旁的位置了吗？”

“我知道这不符合规矩，蒙提。社交的首要目标是在晚宴上分开已经订婚的情侣，”丹夫人笑着说，“如果一个男人和他的妻子坐在一起，那肯定是没面子的事情。”

还没等蒙提再说什么，晚宴就开始了。丹夫人一边领着他走向芭芭拉，一边说：“看呀，慷慨的女主人放弃了人群里最好的男人，好让他和别的某个人能有一段愉快的时光。芭芭拉，就由你来验证那是不是友好的表示吧。”

有那么一会儿，蒙提和芭芭拉的眼睛都死死地盯着地板。接下来，蒙提想通过开玩笑缓解一下气氛。

“我没想到我们今晚要演吉布森场景。”他一边不动声色地说着，一边伸出了他的胳膊。

“我不明白。”芭芭拉的好奇战胜了她不说话的决心。

“你忘了那部电影了？在电影里，有人邀请一个男人带着他已故的未婚妻参加晚宴。”

他说完这句话后身边一片寂静，他也就没再把玩笑开下去。

那场晚宴也许是他们一生中最痛苦的经历。芭芭拉来赴宴时心已经软了，准备向他让步。蒙提心怀谦卑，原本完全可以发现她是可以被打动的。但是，她毫不动摇、非常固执地认为，他应该首先妥协。蒙提则头脑简单，装不出痛苦的样子，又太轻率，不明就里。他们都清楚对方不想说话，但他们都意识到他们有必要装装样子，不能让他们的女主人尴尬。至少在享用两道菜期间，他们没有说过一句话，在那种情况下，好像房间里的每个人都盯着他们，都在猜测。最后，芭芭拉忍不住了，她转向他，笑了笑。那是蒙提几天来第一次看见她笑。然而，她的眼睛里没有笑意。蒙提也知道是怎么回事。

“我们也许终于让人们觉得，我们是朋友。”她平静地说。

“说起来容易，做起来难呀！”他沮丧地说。

“他们都看着我们，在猜呢。”

“我不怪他们。”

“我觉得我们亏欠丹夫人了。”

“我知道。”

只要发现有人在看他们，芭芭拉就会说几句废话，可布鲁斯特似乎没听她说。终于，当她说起天气时，他打断了她的话。

“这扯的是什么呀，芭芭拉，”他说，“如果是别人，我会彻底放弃，但你不一样。我不知道我都干了什么，但我向你道歉，希望你能原谅我。”

“至少可以这样说，你的自信挺逗的。”

“可我是认真的。我知道我们对这场争吵会一笑置之，你总是忘记，我们有一天会结婚的。”

芭芭拉的眼色突然犀利起来。“你忘了那也得我同意才行。”她说。

“等时候到了，你会非常愿意的。我仍在战斗。总有一天，你会明白我的心思。”

“嗨！我现在就明白，”芭芭拉说，她的血涌了上来。“你想逼迫我就范。你为父亲做的事……”

布鲁斯特凝视着她，心想他是不是误解了。“你什么意思？”他说。

“关于那糟糕的银行事务，他都原原本本地告诉我了。可怜的父亲认为你非常无私，但他没看出你演戏背后的小把戏。他要是想到你试图买他的女儿，他会立即撕掉你的支票。”

“你的父亲那么认为？”布鲁斯特问道。

“没有，可我现在算是看清楚了。他的坚持，还有你的坚持……你没有慢悠悠地错失来到眼前的机会。”

“住口，德鲁小姐，”蒙提命令道。他的声音变了，眼里出现了她以前从未见过的神情。“你不用担心，我以后再也不会打扰你了。”

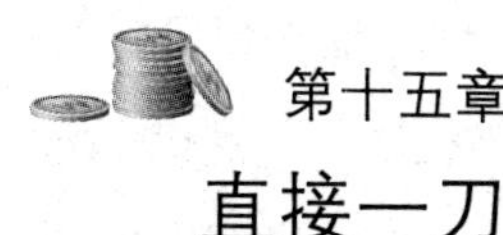

第十五章 直接一刀

一份报纸出现了印刷错误，会给所有人都带来无尽的乐趣，但蒙提和德鲁小姐除外。报纸的标题宣布了“德鲁小姐的‘金融’[1]给她举办的盛大舞会”，而“富人家的小儿子们”则好奇蒙提为何没有看到其中的笑点。

“他受的打击太大，结果除了那位女士，他什么也看不见。”一天晚上，当“富人家的小儿子们”像过去那样聚在一起共进晚餐时，哈里森说。

“一向如此，”达观的布拉格登评论道，“当你爱上某人时，你的幽默感也没了。如果恋人们还没有全心全意地去爱，那么他们就不可能做这么荒唐的事情。”

“好吧，可假如蒙提·布鲁斯特仍爱着德鲁小姐，那他表达爱的水平就太差了。”“萨博威”·史密斯的话出人意料。每个

[1] 原文“finance”，应该是“fiance”（未婚夫）。

人都想到了这一点，但谁都没有勇气说出来。自德米勒举办晚宴以来，布鲁斯特在这个问题上保持了沉默。这种沉默给人一种不祥的感觉。

“也许那只是恋人间的争吵。”布拉格登说。就在此时，布鲁斯特进来了，布拉格登住了口，他们在桌子旁坐了下来。

晚餐还没结束，他们就知道了那场即将举行的舞会很多令人吃惊的细节。蒙提没说它是为德鲁小姐举办的，他压根儿没提她的名字。“富人家的小儿子们”天生就有想象力，一向不按规矩出牌，但当蒙提讲述他的计划时，就连他们也无法完全认可。

“诺珀”·哈里森郑重地表示，舞会将让布鲁斯特至少花费12.5万美元。“富人家的小儿子们”面面相觑，而布鲁斯特的无动于衷本身就表明他对他朋友的庸俗很是不屑。“好家伙，‘诺珀’，”他补充说，“你连自己举行婚礼时戴多少钱的手套也会想半天。”

这样的挖苦让哈里森感到气愤。“蒙提，不客气地说，和这相比，把你的百万钱财塞到每个人的喉咙里要庸俗得多。”

“嗨，我注意到了，”布鲁斯特反驳道，“他们吞下了它，就好像它是巧克力。”

佩廷吉尔打断了他们。他夸张地说：“我的朋友和先生们！”

“这都哪儿跟哪儿呀！”凡·温克尔若无其事地说。

但是，佩廷吉尔控制了局面。“请允许我给你们看看小伙子克罗伊斯[1]，现存的仅有的一个。他的弹子是1美元的硬币，他的风

---

[1] 古希腊吕底亚国王，非常富有，暗指布鲁斯特。

筝是用50美元的纸币做的。他按照纽堡[1]的方式吃利息票券，他的香槟酒是化成水的10美元金币。先生们，当他花1.3万美元买花时，你们要是能看着他，就看着他！”

“还花了2.9万美元请了个维也纳管弦乐团！”布拉格登补充说，“可他们仍坚持少说为妙。”

“还有三名歌手分1.2万美元！这绝对是犯罪，”凡·温克尔喊道，“他们在德国唱了一个月，才挣了这个数的一半。”

“要供六百名客人吃喝，至少要花4万美元。”“诺珀”悲叹道。

“城里没有六百个客人，”“萨博威”·史密斯哀叹道，“那种壮观的场面都浪费在了两百个你想都想不到的人身上了。”

“你们这些人真是瞎操心，”布鲁斯特打了个哈欠，摆出一副不胜其烦的样子，“我只需要你们来参加舞会，假装你们在度过你们人生中最美妙的时刻。不瞒你们说，我宁可在哈伊勒店里喝冰激凌苏打水，也不愿意举办这种东西。可是……”

“那正是我们想知道的，可是什么？”“萨博威”一边说，一边急切地把身体向前倾了倾。

“可是，”蒙提接着说，“我现在已经欲罢不能了，说举办舞会就得举办舞会。”

虽然如此，乐观的布鲁斯特仍没有勇气把这些别出心裁的奢靡行为告诉佩吉。为了满足她的好奇心，他不动声色地告诉她，他花的钱比他预计的少多了。他笑着说，她听来的小道消息是假的，报纸上的报道夸大得太离谱了。在他具有说服力的主张面前，那个女

[1] 这里的纽堡暗指纽约。

孩儿焦虑的眼神消失了。

“我肯定像个傻瓜，”有一次，蒙提做完了一番令人伤脑筋的解释，准备离开时，他叹息着说，“可等到一年结束，我真的穷了，她会怎么想我呢？”他很想向佩吉吐露实情，把他疯狂追求贫穷的竞赛和盘托出。

为舞会做的准备平稳地推进着。在乏味的冬天里，这会给生活带来一些乐趣。那将是一场西班牙化装舞会。人们在茶余饭后说起来，都说它是意外之喜。虽然人们免不了讽刺蒙提的奢侈，但那种阿拉丁般的娱乐光芒四射、魅力难掩。人们虽然表面上不赞成，私下却很佩服那个男人超凡的勇气，对他选择的疯狂事业，几乎没有谁不愿意推波助澜。和他一起走到悬崖边上太容易了，至于跳崖，就让他自己来吧！他并没有受到直接批评，因为他用工作让哈里森闭了嘴，用机会让佩廷吉尔哑口无言。那几乎没有让他感到烦恼，因为他忙着记录使他的总账的赢利方大大膨胀的项目。尽管股市拖了他的后腿，但舞会肯定会让他在比赛中再次大幅度领先。“富人家的小儿子们”也摩拳擦掌，帮着佩廷吉尔做准备工作。布鲁斯特发现他们非常多余，因为他们的看法从来没有一致过，每个人都想落实自己的建议。但让布鲁斯特感到懊恼的是，在遏制他的奢侈上，他们的想法倒挺一致的。

“如果我们不制止他，他会送别人汽车和珍珠链，”在蒙提下令整晚都给客人提供一种年份香槟后，“萨博威”·史密斯说，“如果你愿意，就先给他们喝两杯，然后就算在剩下的时间里给他们喝苹果汁，他们也不介意。”

“蒙提真的是疯了，”布拉格登随声附和，“骄奢已经开始影响到他了。”

骄奢的确开始影响布鲁斯特了。工作和焦虑显然影响了他的健康。他的脸色不好，眼睛开始丧失神采，做起事来没精打采。虽然他努力掩饰，也没逃过他的朋友的眼睛。他偶尔还会发烧。他承认，他感觉不太好。

“肯定哪里出问题了，”他悲伤地说，“我的整个系统好像都要失调了。”

准备工作突然受到了严重阻碍，就在舞会原定日期的两天前，一切都停止了。操办人员陷入了混乱和惊慌失措，蒙提·布鲁斯特病了，病得还不轻。

医生说他得了阑尾炎，需要马上动手术。

“谢天谢地，挺时尚的，”蒙提笑着说，显得无所畏惧，“如果是腮腺炎，或者报纸上说‘由于罹患百日咳，布鲁斯特先生没有参加他举办的晚会’，那就太搞笑了。”

“你不打算说‘舞会取消了’，肯定的。”哈里森说。他真的有点儿担心了。

“绝不，‘诺珀’，”蒙提说，“我一直盼着这个。你们这帮家伙去握手，我待在家里。”

当蒙提宣布这一消息时，“富人家的小儿子们”立即举行了紧急会议。他们一致同意收回请柬、宣布舞会取消。蒙提刚开始还固执己见，直到有人建议他把舞会推迟到病愈之后举办，他才终于答应了。举办两次舞会能使费用翻倍，他不能对这样的机会视而不见。

“那就把它取消好了，但要说这只是推迟举办。”

人们跑前跑后，取消合同，收回请柬，结清账目，并以最忠诚的努力、最大可能地减少损失。哈里森和他的伙伴非常担心布鲁斯特的生命，但他成功地在几个小时的宽限期里上演了奇迹。加德纳表现出了罕见的先见之明，看到在维也纳管弦乐团方面将遭受纯粹损失时，他提议在全国各地举办为期几周的音乐会。蒙提病情严重顾不过来，授权加德纳只要看着可行，就可以实施那一计划。

蒙提比他的圈子里的任何人都无畏、淡定。对他来说，阑尾炎似乎就像疫苗接种那样不可避免。

“阑尾炎将成为生命之书中的一个重要特色。”他一度对佩吉·格雷说。

他拒绝去医院，却可怜巴巴地恳求人们把他送到格雷夫人家的老房间里。

作为一个不快乐、孤独的病人，他渴望那些似乎是他生命一部分的人来照料、陪伴他。洛特罗斯医生让她们把一间小卧室改造成了标准的手术室。蒙提觉得，如果命运剥夺他几个星期花钱的权利，那他至少要在治病上尽可能烧钱。这样一想，他倒是挺满足的。几位著名的外科医生针对他的病情举行了会诊，但他坚持己见，指定洛特罗斯医生和一个“富人家的小儿子”充当他的家庭外科医生。蒙提忍受了可怕的疼痛和折磨，顺从地接受了唯一能救他的命的手术。手术之后是与疼痛做斗争，接着是胜利的希望，继之以安静的康复期。他曾经在这个房间里做过男孩子的梦、经受过男孩子的悲伤，而现在，他在此与死神抗争，逐渐走出了疲乏的迷雾。他发现活过来比他想的要难，生命的负担似乎太沉重了。训练有素的护士发现，要唤醒他的雄心，某种强效的兴奋剂比药物更管用。她们最后在佩吉身上找到了它。

“小不点儿，”佩吉第一次得到允许来探望他时，他两眼放光地说，“你知道吗？在经历了这一切后，这个破世界也没那么糟糕了。有时候我躺在这里，它看上去是扭曲、反常的，可有些东西能把它拉直。今天我觉得就好像我在它里面占据着一席之地，就好像我能与某些东西抗争并战胜它们。你怎么看，佩吉？你觉得我能干某种事情吗？你知道我说的是什么意思，我说的是某种别人根本做不了的事情。”

但是，佩吉是不会让他说下去的。对她来说，他这种因为遭受折磨而变得和缓的情绪太令人伤感了。她抚慰他、鼓励他，用她凉凉的手触摸他。然后，她离开他，让他去思考、冥想、做梦。

过了很多天，他骚动的头脑才转到了钱的问题上。他突然发现自己希望医生能多收一些费用。当洛特罗斯显然有些苦恼地通知他，总额将达到 3000 美元时，他几乎要旧病复发了。

“手术的附加费用是多少？”蒙提问。他不愿意接受这样不合理的照顾。

“那 3000 美元里已经包含了附加费用，”洛特罗斯说，“他们知道你是我的朋友，帮助压低费用也是职业规矩。”

布鲁斯特又在格雷夫人的家里待了几天。那种静谧让他感到快乐，佩吉在场的吸引力让他感到平静，大大落后的日常支出账目让他感到满足。他的朋友担忧他的病情，到家里来探望他，让他得到了些安慰。他丧失的自尊心又回来了一些。医生们最后断定他最好到佛罗里达疗养，并建议他至少在那个温暖的地方待一个月。他欣然接受了这一提议，但他把主动权掌握在了自己手里，命令总经理哈里森租一个地方，并坚决表示，他需要佩吉和格雷夫人的陪伴。

“我多久能回来工作，医生？”就在专列运送他们到南方的前一天，蒙提询问道。他逐渐发现了这种强制赋闲不利的一面。他的血又烧了起来，渴望回到那种挥霍无度的状态。

“工作？”医生笑了，“请问，你是做什么的？”

“让其他人致富。”布鲁斯特严肃地回答说。

“好了，你难道对你为我做的事情不满意吗？如果你那个样子行善，那你肯定还病得不轻。注意点儿，你可能需要五六个星期才能康复。”

当洛特罗斯离去时，哈里森进来了。佩吉从窗户边上冲他笑了笑。她一直在读一本小说。那本小说太啰唆了，不打断它还真不行。

“喂，我打算举办的舞会现在成什么样了？”蒙提问道。他的眼神有些不安。

“嗨，我们把它取消了。”“诺珀”吃惊地说。

“你不记得了，蒙提？”佩吉一边问，一边迅速抬起头。她担心他的脑子不太好使了。

“我当然知道我们没举办它，可你们把它定到了哪个日子？”

“我们根本没有推迟，”“诺珀”说，“我们怎么能那样干呢？我们不知道是否……我的意思是，做那样的事情不太对头。”

“我明白。好了，那个管弦乐团，那些花，所有那些东西，怎样了？”

“那个管弦乐团在国内各地游荡，埋怨自己，埋怨别的每一个人，快把可怜的加德纳赶到精神病院里了。那些花早就谢了。”

“好了，‘诺珀’，我们将聚在一起，尽量在四旬斋戒节把那场舞会给办了。我觉得，到了那时候，我的身体会康复的。”

佩吉以恳求的眼神看着哈里森，希望得到他的指点，但对他来说，似乎少说为佳。哈里森离开时一直在想，疾病是不是让蒙提完全丧失了理性。

第十六章

阳光明媚的南方

布鲁斯特租的是纽约一个百万富翁的别墅。那个富翁当时喜欢意大利甚于圣奥古斯丁，便离开了他的庄园。他的庄园位置不错，装修奢华，由他的朋友照看着。布鲁斯特租了三个月，月租金很高。布鲁斯特任命布拉格登为总经理，他的人马整体从纽约迁了过来。别墅里的房间富丽堂皇，住起来非常舒服。布鲁斯特的马和那辆新汽车已经先于他从纽约运来。他享用不了它们，但它们给他的客人提供了无限机会。“诺珀”·哈里森留在了北方，开始重新安排现在已经令人讨厌的舞会，负责游艇巡游的先期准备工作。陪伴布鲁斯特的团队包括洛特罗斯医生和他的妹妹、“萨博威”·史密斯和格雷母女。洛特罗斯无情地给蒙提规定了严格的饮食，对他的行为做了严格的限制，让蒙提感到沮丧。对他来说，康复期将非常令人不快。他刚开始待在室内，只能用打牌消磨时光。他觉得桥牌学起来太难，更愿意和佩吉玩皮克牌。有一次，在玩牌时，佩吉问了他一个让她烦恼多日的问题。她散步时曾默默地排练了相关场景，但她发现，真要问起来，还是很难。“蒙提，”她说，“我听人说，德鲁小姐和她的母亲住进了宾馆。让她们来这里岂不更好？”

布鲁斯特的脸色变得非常阴郁，佩吉的心也跌到了谷底。她对蒙提和德鲁小姐的疏远感到不解，想知道是否可以通过她自己的努力，把事情处理好。有时候，她脑子里会闪过一丝希望，希望蒙提对这种疏远并不像她认为的那样在意。但是，在内心深处，她又担心他不开心。这种担心似乎是她生命中唯一确凿无疑的东西。除了人的那种想知道最坏的情况的欲望，她还怀着那种清教徒般的扭转乾坤的意念。

“你忘了，这是他们想做文章的最后一件事情。”蒙提说。从他的脸上，佩吉似乎可以看出，她需要做出牺牲了。她勇敢地接受了这一点。

“蒙提，只要是我真的了解的事情，我都没忘。但是，在这个问题上，你大错特错了。你的拼搏精神去哪儿了？你以前从没输过，而你现在却不行了。你已经失去了勇气，蒙提。你难道不明白，这是发动进攻战的好时候？”不知怎么的，她说的话根本不是她打算说的话。他的阴郁让她颇为担心。“蒙提，”她补充说，口气更为柔和，“你不介意我说这种话，是吧？我知道我不应该插手，可我认识你很久了，我不愿意看到一个小错误把事情搞得一团糟。”

但是，蒙提满不在乎。他根本不想谈论这档子事，佩吉让他娶妻的急切之心似乎完全没有必要。从表面上看，佩吉对他几乎没有什么兴趣。他忧郁地看着她，眼神有些闷闷不乐。佩吉那时候只想着蒙提的痛苦，她脸上什么也没流露出来。

“佩吉，”他终于忍不住了，厉声说道，“你根本不了解你说的情况。芭芭拉·德鲁的愤怒可不止一点儿。她对我成见已深。”

“成见是可以改变的。”佩吉插话说。

“根本改变不了，”布鲁斯特打断了她的话，“她不相信我。她认为我是个浑蛋。”

“也许她是对的。”她有点儿恼怒地喊道，“也许你从来没有发现，女孩儿之所以东拉西扯，是为了掩饰她们的情感。也许你没有意识到，女孩儿是多么狂热、多么一惊一乍、多么愚蠢的人。她们不知道怎样坦诚地对待她们爱的男人，如果她们知道，她们就不会那个样子。如果你相信她说的话甚于她的表现，蒙提·布鲁斯特，那你差不多就是个白痴。”

佩吉怒气冲冲，她毅然决然、带着挑衅意味地扔下她的牌，离开了。她不想证明自己是一位喜欢流泪的女性。她离开他时，他依然很惆怅。但是，佩吉也让他摸不着头脑。他开始猜测芭芭拉·德鲁心里是否藏着事儿。然后，他发现，他的思绪飘向了佩吉和她的挑衅。他以前只见过两回她情绪失控，而他喜欢她那个样子。他想起来，她十五岁的时候，有一次发了脾气，还讨厌他仰慕的女孩儿。想到她恼怒的样子，他突然大笑起来。他根深蒂固的怅惘瞬间消散了。他的笑声让那个给他带进来几封信的人吃了一惊。有一封信是“诺珀”·哈里森寄来的，让蒙提了解了所有个人新闻。那场舞会将在四旬斋戒节期间举办，而四旬斋戒节将在3月末到来。包租“飞来飞去”蒸汽游艇的谈判进展顺利。这艘游艇属于雷金纳德·布朗。

这封信让动不了的布鲁斯特感到烦躁。他的事务正在进入一种令人沮丧的状态。他的病肯定会让他的买卖损失5万美元以上。唯一让他感到宽慰的，是哈里森在信里简单提及的加德纳的报告。加德纳正在承办维也纳管弦乐团短暂的美国巡回演出。争吵和分歧天天不断，令人尴尬。从财务角度来看，巡演是一场彻底的失败。违反合同和诉讼正在把巡演变成一轮连续不断的损失，可怜的加德纳几乎要绝望了，很显然，巡演从一开始就注定是一场灾难。公众的冷淡引起了乐团脾气暴躁的成员的蔑视，整个组织都面临着崩溃的危险。加德纳一直提心吊胆，生怕他爱吵架的匈牙利“部队”用匕首和啤酒杯打起来，让巡演突然终结。想到务实的加德纳试图抚慰这些音乐家的火爆脾气，布鲁斯特笑了。

几天后，普伦蒂斯·德鲁夫人和德鲁小姐登记入住了庞塞德莱昂旅馆。人们纷纷猜测蒙提和德鲁小姐和解的可能性。然而，蒙提在这个问题上口风依然很紧，拒绝满足他朋友们的好奇心。德鲁夫人带了一小群人，其中包括两个漂亮的肯塔基女孩儿，以及一个年轻的芝加哥百万富豪。她日子过得既好又明智，根本没有蒙提住的别墅那样的挥霍无度。然而，布鲁斯特的客人难免会见到她的客人，和他们中的一些人骑马兜风。蒙提为他由于身体原因而无法参加这些活动感到高兴，但他和芭芭拉都不喜欢过分强调他们的疏远。

佩吉·格雷对蒙提的态度感到绝望。她已经相信，别看他表面上非常骄傲，内心却渴望见到芭芭拉，然而，她搞不懂的是，如果他继续保持这种冷冰冰的态度，那么坚冰怎样才能被打破？她相信要打动那样一个女孩儿，非花言巧语不可，但蒙提显然不会接受建议。她毫不怀疑蒙提误解了芭芭拉的感受。她也知道，如果继续这样互不联系，局面将不可挽回。她曾经想过一些办法，但到最后，这些办法总是显得不可行。她太在意了，这使她的愿望变得难以实现。她太在意，结果什么都拿不准。

她有时候幻想，她也许可以和德鲁小姐交流一下，把事情摆平。但是，她又有些迟疑。即使是现在，她们在一定程度上凑到了一起，她仍然无法跨越某种障碍。直到一个阳光灿烂的日子，她接受了芭芭拉提出的骑马兜风的建议，事情才似乎变得比较容易了。她第一次感受到了芭芭拉的魅力，芭芭拉也似乎第一次表现得极为友好。她们在树林里和外面的海滩上兜风，非常平静。在开阔的野外，事情在一定程度上变得简单了。终于，在那种柔和的氛围和令人懈怠的温暖里，间接提及蒙提（通常情况下，如果提起他的名字，交谈就难免尴尬）变得可能了。佩吉无疑应该先提起他，对她来说，当眼下的事情处在成败关头时，她是根本不考虑得体与否的。她虽然有些畏惧，但还是鼓起勇气开口了。

“医生说蒙提明天可以出来骑马，”她说，“这不挺好的吗？”

芭芭拉只是稍微用力地用鞭子抽了一下她的小马。佩吉接着说了下去，仿佛没有注意到她的反应。

“整天待在屋子里，他都快无聊死了，可怜的家伙。还有……”

“格雷小姐，请不要再跟我提起布鲁斯特先生的名字了。”芭芭拉皱着眉毛，打断了她的话。但是，佩吉根本不在乎，无所顾忌地说了下去。

“采取那样一种态度有什么用啊，德鲁小姐？我很了解情况，我无法相信，不到一个星期，你和蒙提中就有人丧失了那种很深的感情。我太了解蒙提了，觉得他不会轻易改变的。”佩吉依然沉浸在她的想法里，“你太好了，不该因为这种误解而遭受痛苦。也许只要稍微解释一下，你们就都会冰释前嫌。”

芭芭拉直起身子，眼睛盯着道路。道路是白色的，在阳光照射下闪闪发亮。“我根本不想冰释前嫌。”她极其严肃地说。

“可你们确立关系只有几个星期呀！”

“我很遗憾我们要谈这么多这方面的事，”芭芭拉说，“布鲁斯特的确求我嫁给他，可我从来没有答应过他。实际上，如果不是他的坚持，我根本不会考虑这种问题。我的确想过它，我也承认我非常喜欢他，可没过多久我就发现，他不合适。”

“你什么意思？”佩吉的眼里闪了一下，“他做了什么？”

“据我所知，自上个9月以来，他花掉了40多万美元。真厉害，不是吗？”德鲁小姐慢慢地说，口气冷淡。虽说佩吉信任蒙提，但就连她也承认，德鲁小姐的批评是有一定道理的。

“这么说来，慷慨不再是一种美德了？”佩吉冷冷地问道。

“慷慨！”芭芭拉尖声喊道，“这是真正的愚蠢。你没听人们都在说什么吗？他们说他是傻瓜。在俱乐部里，他们打赌，说他用不了 年就会成为一个叫花子。”

“可他们大方地帮着他花他的钱。我已经注意到了，就连那些老于世故的妈妈们也觉得他挺合适的。”佩吉含沙射影地说。

“那是几个月前的事情了，亲爱的，”芭芭拉语气平静地反驳道，“当时他对我说……他告诉我，他一年内不可能结婚。你难道不明白，用不了一年，他就会成为一个可怜的乞丐吗？”

“人们自然不想要一个乞丐。”佩吉声音清晰、语调柔和地说。

芭芭拉仅仅犹豫了片刻。

“好了，你必须承认，格雷小姐，那表明他真的不配。和这样的男人在一起，哪个女孩儿能幸福？还有，说到底，人都必须留意自己的命运。”

“毫无疑问。”佩吉回答道。但是，她的脑子里却思绪万千。

“我们是不是该回别墅了？”一阵尴尬的沉默后，佩吉说。

“你肯定不赞成他的所作所为吧？”芭芭拉不喜欢别人说她错了，觉得她必须努力证明自己有理，“我们都清楚，他是最不计后果的败家子，甚至可能沉迷于不太光彩的事情。”

佩吉个子不高，但在这一刻，她昂起了头，就好像她一向看不起人。

“你的话是不是有点儿过分了，德鲁小姐？”她神色自若地问。

“不仅纽约人在笑话他堂吉诃德式的处理问题的方式，”芭芭拉坚持说，“我们从芝加哥来的客人汉普顿先生也说，和东边比起来，那里的说法更糟糕。”

“可惜蒙提的病让他的身体太虚弱了。”佩吉平静地说，当时她们正在穿过那几扇大铁门。芭芭拉马上明白了她的意思。

第十七章
新　手

布鲁斯特返回了纽约。他的身体恢复得不错，变得强壮了。他的病已经严重干扰了他的行动计划。虽然他的朋友显然感到吃惊，但加倍努力势在必行。他首先去了“格兰特 - 瑞普利”事务所，想从那里了解一下斯威伦根·琼斯对他采取的措施的看法。两位律师没有听到蒙大拿那边有什么不满，建议他按照原计划继续进行。他们向他保证，就他们所知，琼斯不是不讲道理的人。

就在布鲁斯特做手术之前，他和琼斯的电报往来重新激起了他对他古怪的指导者的畏惧。

斯威伦根·琼斯，

比尤特，蒙大拿

我的生活靠谱吗？它违反条件了吗？

蒙哥马利·布鲁斯特

蒙哥马利·布鲁斯特，

纽约

在我看来，在那个案子里，你的生活似乎将成为一种资产。你在9月23日之前能处理妥当吗？

S. 琼斯

斯威伦根·琼斯，

比尤特，蒙大拿

恰恰相反，我认为届时生活将成为一种负债。

蒙哥马利·布鲁斯特

蒙哥马利·布鲁斯特，

纽约

如果你那么认为，我建议你投保500美元。

S. 琼斯

斯威伦根·琼斯，

比尤特，蒙大拿

你难道不认为，那个数连办葬礼都不够？

蒙哥马利·布鲁斯特

蒙哥马利·布鲁斯特，

纽约

真到了那时候，你就不用担心费用了。

S. 琼斯

当布鲁斯特到场时，第二场舞会的请柬已经发出去一阵子了，准备工作也差不多完成了。几个老朋友找到他，强烈抗议他正在做的事情。这并没有让他感到意外。他还毫不意外地发现，就像过去那样，其他一些事务也取得了成功，他在不在场都没关系。人们和他打招呼没有以往热情了。他很想知道，到最后，他的朋友中究竟有多少是真朋友。那种不确定性让他越来越频繁地转向了佩吉·格雷无可置疑的忠诚。她也更加频繁地在她小小的书房里见到他，次数比几个月里的次数都多。

虽然布鲁斯特害怕那场造作的盛大舞会，但它至少在一个方面对他是有用的，他的总账的“赢利”方增大了。他私下里对此感到满意。在精疲力竭的加德纳的率领下，维也纳管弦乐团回到了纽约，正好可以在布鲁斯特的棕榈树后面进行一场告别演出。这场演出让他的客人们好奇美国公众为什么欣赏不了真正的好东西。蒙提认真合计了一下开支和收据，发现巡回演出对他来说是意外之喜，因为净损失超过了 5.6 万美元。当这一消息在城里传开时，每个人都同情地笑了。可怜的加德纳试图向那个损失钱的人解释整个事情，几乎要落泪了。但是，说来也怪，在这个令人难受的时刻，布鲁斯特还有心思开玩笑。

那场舞会从美学角度上讲相当成功，人们津津有味地用超过了一个季节的时间谈论它。佩廷吉尔证明他充当权威的欲望是合理的，并赢得了持久的名声。布鲁斯特在佛罗里达的时候，佩廷吉尔自作主张，把舞会的风格从委拉斯凯兹时期的西班牙风格改成了路易十五时期的法国风格。在发出请柬后，他却惊恐地想起，为西班牙舞会购买的礼物完全不适合法国舞会。他立即给布鲁斯特发了电报，而布鲁斯特的若无其事让他感到惊讶。“可蒙提一向是个好人。”他想，心里不由得升起一股暖意。新计划比老计划更费钱，因为在雪利公寓建造一座凡尔赛宫绝非易事。佩廷吉尔不喜欢模仿，但他创造的效果却极为符合他选择的那个时期的风格。在这种效果的衬托下，丰富多彩的服装，加上假发和涂了粉的头发，显得璀璨夺目。他费了不少功夫，为蒙提搞定了一套用白缎子和金线缎子做成的服装。路易十五本人可能就穿过这套服装，它让布鲁斯特给人的感觉像个花花公子。他子夜 1 点左右脱下它时，感觉自己彻底解脱了。他知道舞会进展顺利，连丹夫人也很满意，但整件事让他感到悲伤、失望。虽然人们不吝恭维之词，他却从中感到一丝嘲讽。他背后不断响起的笑声就是证明。他没有意识到它的伤害有多大。“即使不为什么，”他想，“我也会放弃游戏，满足于剩下的东西。”但他意识到，这不会创造任何自我救赎的机会。他再次接受挑战，并决心胜出。“然后，”他欣喜地想，“我就会给他们点儿颜色看看。”

他渴望他可以早点儿带着几个朋友坐船前往地中海，以避开纽约人的目光和口舌。他不耐烦地催促哈里森完成准备，好让他们立即动身。但是，在汇报情况时，哈里森看上去心平气和。所有先期准备工作已经完成。他租了“飞来飞去”四个月，它眼下正在检修，以便适于航行。布朗曾经因为拥有它而特别得意，但在他死后，它落入了他的继承人手里，他们则愿意、渴望把它租给出价最高的人。要在纽约的水域里发现一艘更漂亮的游艇，恐怕没那么容易。它配备五十名精挑细选出来的船员，船长是艾布纳·佩里。管家是有名的经理人，可以靠他来采购帝王级别的食品。那艘游艇到4月10日就可以起航了。

“我觉得你陷得太深了，蒙提，”哈里森反对道，他紧张地扭着手指，“如果你想让我们干什么我们就干什么，那我一辈子也想不出，你将来没钱了要怎么办。悠着点儿岂不更好？这看上去好像真的疯了。你将身无分文，蒙提……实话实说，你将身无分文。”

“我没打算存钱，‘诺珀’，但要是你能给你自己搞点儿钱，我不会反对。”

“你以前给我说过一回，蒙提。”哈里森一边说，一边走向窗户，等到他毅然决然地转过身来面对着布鲁斯特时，他的脸色变白了，但他看上去好像决心已定。

“蒙提，我要辞去这份工作。”他声音嘶哑地说。

布鲁斯特立即抬起了眼睛。“你什么意思，‘诺珀’？”

“我要离开，就这样吧！”哈里森说。他直挺挺地站着，眼睛看着布鲁斯特的头顶。

“我的天呀，‘诺珀’，我受不了这个。你不能撂挑子。怎么了，老兄？你的脸白得像个鬼。出什么事了？”蒙提现在站了起来，手搭在哈里森的肩膀上，但在蒙提咄咄逼人的目光之下，哈里森不由自主地垂下了眼睛。

“老实说，蒙提，我的确拿了你一些钱，并且我失去了它。这就是我……我不能再干下去的原因。我辜负了你的信任。”

“给我讲讲，”蒙提也许比他的朋友更难受，“我不明白。”

“你太相信我了，蒙提。你看，我觉得我在帮你的忙。你花了那么多钱，却有进无出，于是我觉得，我看到了一个帮助你的机会。结果出问题了，如此而已。还没等我抛掉那只股票，你的 6 万美元就没了。我现在还不上它。可上帝知道，我没想偷你的钱。”

“没什么，‘诺珀’。我明白你觉得你是在帮我。钱没了就没了，到此结束。别太往心里去，老朋友。”

“我知道你会这么干，可这无济于事。将来我也许能够还上我拿的钱。我打算去工作，直到我能够还上。”

布鲁斯特反驳说，他用不了那笔钱。他恳求哈里森继续干他现在干的差事。但哈里森自尊心太强，不想天天面对他辜负过的人。蒙提逐渐意识到“诺珀”是在做最具有男子汉气概的事情，就放弃了挽留他的努力。“诺珀”坚持要离开纽约，因为在这个大都市里，他没有机会完成自我救赎。

“我已经下定决心，蒙提。去西部，也许还要到深山里去。说不定我会在那里意外发现一座金矿……还有……嗨，我要想还上我从你那里拿走的东西，这似乎是仅有的机会。”

“唉，‘诺珀’，我懂了！”蒙提喊道，“如果你非要走，那我就资助你找金子。”

“诺珀”最后同意听从布鲁斯特的建议。他们商定，他们应该均分他的探矿之旅所获得的一切东西。布鲁斯特给他提供了一年的“资助”。还不到周末，一个新手就动身去了落基山脉。

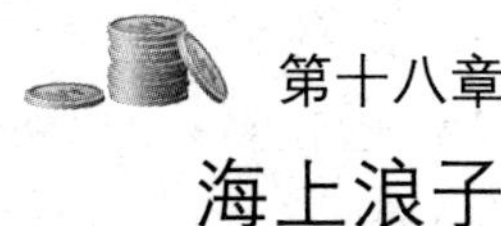

第十八章 海上浪子

哈里森的离去使布鲁斯特陷入了令人气恼的困境。他被迫静下心来，处理自己的事务。他并非好逸恶劳，但这不是他愿意做的那种工作。在记了整整一夜账后，这天凌晨 4 点，当他仔细查看他的私人账目时，他发现了一些令人震惊的事实。他费尽功夫，成功地在六个月里花掉了 45 万美元以上。但是，对于他最初的 100 万而言，还有必要加上他从“木材和燃料”上赚的 58550 美元，以及他的其他一些“不幸的”操作赚的钱。通过卖家具和其他财物，他最后会获得至少 4 万美元。此外，他还要考虑大约 2 万美元的利息。银行倒闭让他损失了 113468.25 美元，“诺珀”帮助他损失了大约 6 万美元。他不计后果、坚决地举办的那场舞会花掉了 3 万美元。他生病期间应该损失的钱差不多被不走运的巡回演出抵消了。佛罗里达之旅花掉了 1.85 万美元，其中包括医疗护理费，以及别墅和生活费用。他举办的帝王般的晚宴和戏剧晚会加在一起是 3.1 万美元。把全部这些情况考虑在内，他觉得到目前为止，他做得相当不错，但任务最难的部分尚未到来。他拥有的财富数量依然庞大，它们必须在9月23日之前消失。在游艇项目上，他已经花了大约4万美元。

他决心立即发动一场系统的歼灭战。他打算在航行之前处理掉众多的家庭用品，要么卖，要么送。由于他预计在8月后半段之前不会返回纽约，这么做会把最后一个月的事务减至最低。但是，保留他的公寓所获得的预期“收益”也不可忽视。他可以毫不费力地支付出优厚的薪水和运行费用。他希望，一旦到了大西洋的另一侧，新的挥霍机会能够不请自来。他想，他可以把他的事务的最终解决留给最后那个月。随着航行日期临近，世界在这个最大的败家子雇佣军眼里再次显得明朗起来。

在辞行时，他咨询了他的律师，结果备受鼓舞。在他们看来，他似乎极有可能赢下那场非凡的竞赛。当他离开时情绪高涨，世界展现给他的景象让他振奋。他在电梯里碰见了普伦蒂斯·德鲁上校。这次不期而遇对双方来说都挺尴尬的。上校对蒙提和他女儿之间莫名其妙的状况感到茫然，发现很难弄清楚他们之间错综复杂的关系。在听了银行那件事后，芭芭拉为他们的和解做出了努力，但她对此的汇报十分简洁，而且相当模糊。她说，她已经尽可能地对他好了，让他觉得她感激他的慷慨，但他的接受方式极不友善。德鲁上校知道肯定有什么地方出了问题，但他是个典型的美国父亲，不愿意介入情感事务。这让他苦恼，因为他喜欢蒙提。对他来说，芭芭拉所谓的“社会裁决”根本不算什么。在电梯里和布鲁斯特偶遇时，过去的友情在他心中复苏了。他也再次希望，蒙提和芭芭拉之间的争吵已经结束。他高兴地打了招呼。

“你没忘吧？布鲁斯特，”在他们握手时，他说，“你在我们那里还存了点儿钱？”

“没忘，”蒙提说，“哪能忘呢。我很快就要拜访你们，取出一些。我星期四就要坐船去地中海了。”

“我听说了。”当他们抵达一楼时，上校把蒙提从人群里拽到了大厅。“那些钱你随时可以取，可你为什么不悠着点儿呢，我的孩子？你知道我一向喜欢你，我和你祖父的交情也挺深。他是个不错的老家伙，蒙提，他肯定不想看到你挥霍他的钱财。”

上校的态度软化了布鲁斯特，因为他非常不愿意接受芭芭拉的父亲的责备。他再一次想吐露真言，但他及时刹车了。“这是个滑稽的旧世界，”他说，“有时候一个人最亲密的朋友也像是陌生人。我知道我像个傻瓜，可话又说回来，好好度假然后返回来工作难道不是一种好的人生信条吗？”

“那就好，蒙提，”上校非常严肃地说，“可等你玩过了头，工作就要难上一百倍了。你会发现，你的心已经收不回来。再回去正常工作可不是闹着玩的。”

“也许你是对的，上校。可我至少有可以回忆的东西……即使最糟糕的情况来了。”蒙提本能地挺直了脊背。

他们转身离开了那座大楼。上校曾一度感到有些虚弱。

“你知道吗？蒙提，”他说，“我女儿非常厌恶这种事情。她很勇敢，不想表现出来，但作为一个女孩儿，要一下子忘记那种事毕竟很难。”他觉得退一步似乎是必要的，于是又说：“我并不是想说，那将是一个容易解决的问题。可我喜欢你，蒙提，如果任何一个男人都能做到，那你也应该能。”

“上校，我希望我能，”布鲁斯特发现他没有犹豫，“看在你的份儿上，我非常希望情况像它看起来那样简单。可有些事情是一个男人忘不了的，还有……我就直说吧……芭芭拉以各种方式表示，她不相信我。”

“好了，我相信你，非常相信。照顾好自己。等你回来，你可以相信我。再见。”

星期四上午，“飞来飞去”驶离海湾，败家子的航行开始了。纽约港里还从来没有开出过比“飞来飞去”更快、更干净、更漂亮的船，船上的人兴高采烈。布鲁斯特的客人有二十五位，他们还带了大量的女仆、男仆和行李。过了很多个星期，他才读到了纽约报纸上刊载的对这次起锚的生动描述，但到了这个时候，他对他们的嘲笑已经无动于衷了。

丹·德米勒和丹夫人、佩吉·格雷、“雷普”·凡·温克尔、雷金纳德·范德普尔、乔·布拉格登、洛特罗斯医生和他的妹妹伊莎贝拉、瓦伦丁夫妇（正式的陪伴）和他们的女儿玛丽、“萨博威”·史密斯、保罗·佩廷吉尔和一些几乎同样大名鼎鼎的人物站在甲板上，看着城市凹凸不平的剪影消失在了迷雾之中。蒙提扫视着急切的人群，非常喜悦地确认这些人就是他最好、最真诚的朋友。这些同伴的忠诚经受了考验。他知道，他们始终会站在他的身旁。

在获悉丹·德米勒愿意参加航行时，蒙提几乎没感到意外。很多无所事事的航海者大胆地认为，如果德米勒有机会借着东风返回他的俱乐部，他说不定会把船抛弃在大洋中央。但是，大块头、懒散、漠不关心的德米勒满不在乎地笑了笑。他希望，如果他“粘在了船上”，那么他说什么也不会麻烦别人救他。

有那么一阵子，大海、天空和人们的闲聊就足以让人感到喜悦了。可过了几天风平浪静的日子后，那种喜悦的劲头儿减弱了。正是在那时，蒙提获得了“阿拉丁”这个绰号。这个绰号黏上了他。从某个地方，从船舱或索具，或者从海里，他带来了四个来自南方的黑人。他们弹起吉他，唱起雷格泰姆歌曲。在航行中，他们不止一次地派上了用场。

有一天，天空特别晴朗，甲板上悄无声息。布鲁斯特说：“佩吉，总的来说，比起乘渡轮过北河，我更喜欢这样。我真的很喜欢这样，你呢？”

“就像做了一个梦。”她喊道。她的眼睛亮晶晶的。她的头发在风中摇摆。

“还有，佩吉，你知道我在我下面船舱的一个箱子里藏了什么吗？一大堆你喜欢的书，有些还是从那间旧阁楼里拿来的。我打算存着它们，在下雨天读。”

佩吉没有说话，但她的脸慢慢变红了。她伤感地望着辽阔的水面。然后，她笑了。

“我不知道你居然还能存东西。”她低声说。

“现在就来，佩吉，太多了。”

“我不想伤害你，蒙提，可你千万别忘了，今年之后还有很多年呢！你知道我说的什么意思吗？”

“佩吉，亲爱的，请不要给我上课。”他恳求道。他的声音可怜巴巴的，她不可能当真。

“今天的课结束了，蒙提，”她拿腔拿调地说，“但教授知道他的职责所在，下次不会让你轻易过关。”

第十九章

一个“英雄”和另一个英雄

在直布罗陀，有人交给蒙提一份看上去有些凶险的电报。他的手哆嗦着打开了它。

蒙提·布鲁斯特，

私人游艇“飞来飞去”，直布罗陀

申报银币自由铸造引发了忧虑。你需要花的钱可能是原来的两倍。好极了！

琼斯

蒙提回复道：

无论如何都要挫败那一措施。多多益善，把它记在我的账上吧。

布鲁斯特

另：请多发电报，标明收报人付费。

里维埃拉的度假期很快就要结束了。蒙特卡洛暗示的花钱机会太诱人，使蒙提不愿意在直布罗陀长期停留，但德米勒夫妇给要塞的一名军官写了信，而蒙提也不会忽视举办一场精致晚宴的机会。晚宴之后，“飞来飞去”的食品库彻底空了，可以看出晚宴非常成功。蒙提邀请了要塞的军官和女士。如果不是朋友阻止，蒙提会用啤酒和三明治招待整整一个团的军人。

“那或许能加强英美同盟，”加德纳争论说，“可你的钱袋子也需要扎紧点儿。”

然而，钱袋子却大开着。加德纳只在他带着参加晚宴的一个高个子的英国女孩儿那里找到了点安慰，其他人得到的补偿就太多了，因为晚宴办得很好，而新的因素也让人们愉快地摆脱了不可避免的单调乏味。

在客人登岸后，蒙提发现，丹夫妇在船尾密谈。

“很抱歉打扰了你们，”他插话说，“但作为晚宴中唯一认认真真的监护人，我必须警告你们，人们已经在议论你们的行为了。都老夫老妻了，还泰然自若地单独坐在这儿看月亮！这太骇人听闻了！”

“我听主人的，”丹先生打趣说，“但是等到你把她还给我，我恐怕要嫉妒死了。”

在丹夫人目送她的丈夫离开时，蒙提注意到了她脸上的表情。她说：“这次旅行给他带来的变化真大呀！”蒙提发现，她说话的腔调也变了。

“他刚发现，”蒙提说，“世界上不止有个俱乐部。”

“真搞笑啊，”她回答说，“丹居然这么被误解。你知道吗？他刻意隐藏了他最好的一面。他其实是那种非常会办事的人。”

“我亲爱的丹夫人，你真是让我想不到呀！给我的感觉几乎就像是你爱上了丹。”

“蒙提，”她严厉地说，“你和其他人一样，什么都不懂。你以前从未发现过吗？我是玩过不少游戏，可我总是回到丹身边。在我所认识的人中，他是我唯一可以接受的人，唯一还算令人满意的人。说来也怪糊涂的，就算一向都过得很幸福，人也难免禁不住诱惑，要去玩火。我被烧焦过一两回，可丹真是个可爱的人，他总是帮助我走出困境。他懂。没有谁比丹更明白。还有，如果我是个太坏的女人，他也不会这么在乎我。”

蒙提刚开始听得一头雾水，因为他曾不假思索地接受了人们对德米勒的状况所持的普遍看法。但是，丹夫人流了一会儿眼泪，她的腔调令人信服。他清晰而不快地意识到，他真的是个傻瓜。回想他和她的来往，他意识到，那种状况一直都非常明显。

“我们真是不了解我们的朋友呀！”他喊道。他感到了一丝悲哀。过了一会儿，他说：“我很喜欢你，丹夫人，喜欢很久了，可今晚……唉，今晚我嫉妒丹。”

在穿越里昂海湾时，“飞来飞去”碰到了恶劣天气。它驶向尼斯时出了事故，让人们经历航行以来的第一次真正的刺激。一群乘客正在主厅偷偷摸摸地议论蒙提的“过失”，雷吉·范德普尔懒洋洋地走了进来。多日以来，他的脸上第一次有了兴趣盎然的迹象。

“我刚才碰到了一个搞笑的窘境，”他慢吞吞地说，“我想问问，处在那种情况下，一个人应该做什么。”

“我会拒绝一个女孩儿。”“雷普”·凡·温克尔简单地说了这么一句。

“女孩儿和它无关，老兄。”雷吉一边说，一边一屁股坐到了椅子上，“一个家伙不久前落水了。”他接着说，语气平静。人们异口同声地喊叫起来，布鲁斯特暂时被遗忘了。“是一个船员。你们可知道？他正在我站立的地方收拾索具。‘扑通’！他掉进了海里，然后就在水里瞎转悠。”

“唉，可怜的家伙！”瓦伦丁小姐喊道。

“我以前从没见过他，绝对不认识他。我原本会毫不犹豫地，可甲板上挤满了他的朋友。有个小伙子是他的同伴。于是，说真的，现在轮不到我跳下去救他了。他能够游一会儿。我冲他喊，让他坚持住，我去告诉船长。不过，我没找到可恶的船长。有人说，他睡了。我最后告诉了大副。到了这时候，我们距离他落水的地方有一英里了。我对大副说，我觉得即使返回去，我们也找不到他。但是，他放下了几艘小船，它们迅速地去了。在此之后，我开始思考这个问题。当然了，如果我认识他，如果他是你们中的哪一位，情况就不同了。”

“你上大学时是最好的游泳选手，你这个可怜的胆小鬼！”洛特罗斯医生勃然大怒。

人们慌忙朝甲板上冲去，没有人关注范德普尔了。“飞来飞去”已经掉转船头，往回行驶。两艘小船正在向雷吉不认识的那个人落水的地方高速驶去。

“布鲁斯特在哪儿？”乔·布拉格登喊道。

“我找不到他，先生。”大副回答道。

“我们应该把这件事告诉他。”瓦伦丁先生喊道。

“那儿！天呀，他们正在那边把一个人捞上来，”大副喊，“瞧呀！第一艘小船已经停下，他们正在拽……没错，先生，他得救了！”

船上响起了一阵欢呼声。作为回应，小船上的人挥舞起帽子。当“飞来飞去”赶到小船旁边时，每个人都冲向了栏杆。船上的人都非常激动，惊讶地喘着气。

蒙提·布鲁斯特坐在一艘小船上。他虽然浑身湿漉漉的，但脸上带着笑。那个落水的船员无力地靠着他，头抵着他的胸膛。布鲁斯特看见那个船员落水了，他来不及多想，就跳下去救他了。小船靠近布鲁斯特时，那个昏迷的船员沉沉地压着他，他的力气也几乎耗尽了。再晚一两分钟，他们两个都会葬身海底。

他们从船的一侧把布鲁斯特拖了上去。他哆嗦了一会儿，抓住了第一只疯狂拉扯他的手，然后转过身去，看着那个半死的海员。

“查查那个小伙子的名字，阿博茨先生，让他得到最好的护理。就在他晕过去之前，他咕哝着提到了他的母亲。你们看，即使在那时，他也没有想着他自己。还有，布拉格登，”他压低声音说，“你看能不能把他工资适当涨涨？嗨，佩吉！当心，如果你落了水，你就会成为落汤鸡。”

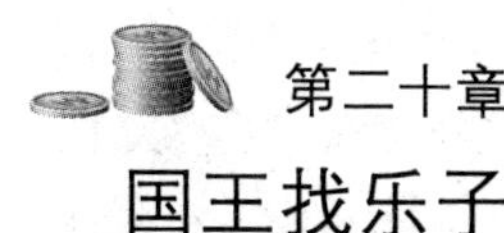

第二十章

国王找乐子

如果说布鲁斯特对处理掉他的剩余财产有什么疑虑的话，那么在里维埃拉他举办晚会后，这些疑虑也消失了。以游艇需要彻底的“家庭保洁”为借口，布鲁斯特把他的客人们转移到了一个迷人的村庄的旅店里。那个村庄靠近海边，远离尘世，当时几乎没有游客。当布鲁斯特把旅店的一楼全都租下来时，店主喜极而泣。一楼有可以俯瞰蔚蓝色的地中海的阳台，有单独的餐厅和客厅。店主临时雇了一些仆人。布鲁斯特的侍从很快就成了村里的一道熟悉的风景。佩吉和其他人表示反对，但蒙提威胁他们说要去租一个别墅，去做家务，他们就默不作声了。

那个村所在的镇很快就呈现出了一派接待一位王室游客的景象。一些商店的营业时间延长了，店主希望挣美国人一些钱。一天上午，旅店店主菲利普打着手势，给布鲁斯特描述了“花车之战”的盛况，试图给布鲁斯特留下深刻印象。布鲁斯特一行没能赶上它，让店主感到遗憾。他遗憾的心情似乎根本无法用言辞来表达。

“在那时候，这里就像换了个地方，”店主心驰神往地说，“太美了！太壮观了！要是先生能看见它，就好了！”

“我们干吗不干脆给我们自己办一场呢？”蒙提问道。但是，他的提议没被当真。

然而，在那天上午的剩余时间里，蒙提和店主一直在秘密协商。等协商结果在午餐时被宣布时，人们都感到惊愕。十天后好像是一位小圣徒的诞辰，而人们已经多年没有庆祝他的诞辰了。蒙提提议安排一场嘉年华，恢复这一风俗。

“如果你们无法看到一场嘉年华，”他解释说，“那你们也许就等于根本没来过里维埃拉。说真的，这就是小事一桩。我给装饰最好的马车出一笔钱，再给最漂亮的女士出一笔钱。然后每个人穿上化装服，戴上面具，互相抛撒五彩纸屑。你们都参加。”

“我猜你会用数以千计的法国钞票来做五彩纸屑，奖励一座房子和一大堆东西。”布拉格登挖苦道。虽然他担心这有些无礼。

“说真的，蒙提，这个计划太荒唐了，”德米勒说，“警察不会批准的。”

“就算他们不同意又能怎样？”蒙提兴高采烈地说，“局长碰巧是菲利普的内弟，我们给他打了电话。他原本不同意那个计划，但我们答应让他当大礼官。然后他承诺让全部警力配合，并希望他的同僚消防局局长感兴趣。”

“巡游时，两名警察和布鲁斯特一伙儿坐马车，”丹夫人笑着说，“你希望我们走在面包车前面还是后面？”

“我们从旅店里检阅巡游队伍，”蒙提说，“你无须担心庆祝活动，它会很盛大。与这些拥有嘉年华的人们相比，爱尔兰人不喜欢巡游。”

蒙提去拜访当地政府机构了。他刚离开，他手下的人就开始商议，并严肃地考虑要采取措施控制他荒唐的行为。但是，那个计划对他们太有吸引力了。几乎在不知不觉间，他们就开始为那场嘉年华制订方案。

“我们当然不能让他这么干，可一想到要在警察和乡巴佬之间跳步态舞，又觉得有趣。”“萨博威”·史密斯说。

“我一向一戴上面具就像个魔鬼，”范德普尔说，“天呀，你们也知道，我好多年没有那种感觉了。”

“那就这么定了，”德米勒说，“如果蒙提知道它对佩吉的影响有多大，他自己就会把它取消。”

蒙提回来后说，镇长表示如果美国人能按照他的要求支付修缮政府建筑屋顶的费用，那么他将会宣布举办一个节日。有一家马戏团正在附近巡演，如果它能停下并在维莱旅店前的广场表演，那么蒙提将负责支付费用。布鲁斯特的热情很高，人们都不由自主地帮助他。他的朋友花了快一个星期的时间，监督凯旋门的搭建，鼓励商店店主尽其所能。虽然计划是按照娱乐精神构想的，但镇上的人却不这么认为，他们的态度极其认真。铁路官员散发了广告，当地的牧师呼吁人们感谢布鲁斯特，因为可以说，他让那位默默无闻的圣徒复活了。人们对他的感激夹杂着恭维和请求，使蒙提无法忽视他们的暗示：他们早就需要一座新祭坛了。

那个重大的日子终于到来了。可以说，还没有哪一场嘉年华能这么奇特、这么成功。上午的时间用于竞技和附带游乐项目。消防队员在拔河比赛中获胜。当蒙提在马戏团里重现了强壮之人的壮举时，人们大加赞叹。德米勒被叫上去发表演讲，可他只会十个法语单词，于是他婉言谢绝，让镇长发表演讲。于是，镇长这个自命不凡的小个子男人充分利用了这一难得的机会。他在演讲中多次提到富兰克林和拉法耶特，“萨博威”·史密斯拐弯抹角地表示，在写演讲稿时，镇长肯定使用了橡皮图章。

巡游在下午举行，结果真的成为那一天最大的亮点。位次问题差点儿破坏了蒙提的计划，警察局长最终认定，如果他是大礼官，那么只有消防队员走在警察前面，才算公平。“飞来飞去”的船员的表现非常精彩。游艇的乐队走在前面，它在音量上显然超过了苏沙[1]的乐队，只是在同步性上差了一些。所有的小型马车最后都出动了，但它们数量太多，巡游路线又太短，结果有时候，尽管大礼官付出了艰苦努力，它们仍然喧宾夺主了。

蒙提那一伙人从旅店的阳台上向下投掷鲜花和五彩纸屑。牧师和镇长让巡游队伍停下来，给蒙提赠送了一篇演讲稿。这篇演讲稿是用大字体在仿羊皮纸上写的，非常华美，更为清晰地暗示了富兰克林和拉法耶特的典故。然后，学生唱起了歌，人群散开了。到了傍晚，他们将再次聚在一起。

到了晚上 8 点，蒙提主持了一场大型宴会。来宾包括镇里的所有著名人物，就连他们的妻子也受到了邀请。富兰克林和拉法耶特再次被提及了。每个男人都至少讲了一次话，但那晚最成功的是“萨博威”·史密斯的第三次讲话。他只懂英语，并且此前一直坚持使用英语，但他的第三次讲话似乎需要某种更为友好、亲切的东西。

---

[1] 苏沙（1854~1932 年）：美国乐队指挥及作曲家。

他向全体宾客鞠了个躬，然后以政治家的庄重口吻用法语说：“女士们和先生们：我有，你有，他有，我们有……”然后，他打了一个华丽的手势，接着说，“你们有。”在座的法国人听不懂他的发音，认为他还在说英语。他们对史密斯的尊重和优雅印象深刻，纷纷给他的开场白喝彩。在座的美国人尽其所能地劝他坐下，但他们的吵闹被其他人误认为热情，喝彩声比此前更大了。“萨博威”举起手，示意大家安静。他的举止暗示，他将要讲出某种特别重要的思想。他一直等到鸦雀无声，才开始往下讲。

“主人的乌鸦在一根树枝上。”他在被德米勒和布拉格登用力拖出房间时完成了演讲。法国人当时认为史密斯的话具有侮辱性，他的朋友因此不让他说话。一场骚乱即将发生。蒙提就富兰克林和拉法耶特讲了几句得体的话，成功地使激动的客人平静下来。

那个晚上以放烟火和在户外跳舞结束。由于人们戴着面具，那场舞蹈逐渐变得有些放荡。嘉年华进展相当顺利，没有出现明显的瑕疵。在布鲁斯特看来，它似乎是一场疯狂的游戏。他发现，戴着面具扮演角色没有他想象的容易。他自己的朋友似乎在躲避他，村姑卖弄风骚的吸引力转瞬即逝。他站在一边，看着模模糊糊的人群。就在此时，一声沉闷的喊叫把他吓了一跳。他转过身去查看，发现了一个穿红色化装服、体态娇小的女孩儿。她显然受到了惊吓，正试图逃离一个激情似火的矮胖子。蒙提及时赶到，才没让他把那个女孩儿的面具拽下来，并且让他对费力的生活有了全新的认识。他怒火中烧，嘴里骂骂咧咧，但他被人群接管了，在一片嘲笑声中从一个人旋转到另一个人。蒙提没有意识到自己的面具已经在打斗中掉了。当他感到那个穿红色化装服的女孩儿的手放在他的胳膊上时，他吃了一惊。他听到了一个熟悉的声音说：“蒙提，你是个热心肠。我就是因为这个才爱你的。你看上去像个希腊运动员。你知道……那是有点儿傻，可我真的吓着了。”

“宝贝，那究竟是怎么发生的？”他一边低声说着，一边领着她离开，“真想不到居然没有人照顾我的小佩吉。我把你托付给佩廷吉尔真是瞎了眼。我应该知道那个傻瓜会被这一切迷得神魂颠倒。”他停住脚步，低下头看她，眼里闪过一道亮光。“大世界中的小佩吉，”他笑了笑，“你不适合这个。你需要……嗯，你需要……只需要我。”

但是，由于他站的地方比较明显，瓦伦丁夫人已经看见了他。她是来找佩吉的。她告诉佩吉，快到凌晨了，该回旅店休息了。于是，他们留下布拉格登照看这一切，依依不舍地回去了。

直到蒙提受到传唤，把范德普尔从执法部门那里搭救出来，他才发现了矮胖子的身份。矮胖子显然没有认出袭击他的人，因为随后发生的打斗已经让他忘记了第一次打斗。这个可怜的家伙脸伤得不轻，他的被捕反倒使他逃脱了更严厉的惩罚。

“我给你说过，我不能戴面具，”当蒙提领着范德普尔回去时，范德普尔懊恼地解释说，“可我怎么可能知道他一直都能听出我说话的声音？”

在那场嘉年华之后的第二天，布鲁斯特领着他的客人去了蒙特卡洛。他打算在那里能待多久就待多久，在赌台上试试运气，尽可能输，以弥补他在海上有钱无处花的日子造成的损失。斯威伦根·琼斯被抛到了脑后。布鲁斯特刚一抵达，就开始参赌。他刚开始输得很惨，这让他难掩心头的喜悦。佩吉·格雷一直在观察他，并低声恳求他停止，但丹夫人兴奋地敦促他继续，直到时来运转。让佩吉感到懊恼的是，他听从的是比较鲁莽的建议。在那样一个孤注一掷的境况下，他觉得他停不下来。但是，他的运气转得太快了。

“我不敢放弃，”过了一会儿，他可怜巴巴地对自己说，“我已经赢了 5000 美元，我至少要甩掉这笔钱才行。”

那些没有参赌的人和那些惊讶于他的运气的人对他充满了兴趣。轮盘每转动一次，他都表现得急切、焦虑，面红耳赤，而他们则完全误解了他的表现。他挨着一位英国女公爵坐着，她惯于占有经验欠缺的玩家赢的钱。他也清楚，他的金币正在被蓄意窃取。他觉得她至少是个帮手，但就在他要把他那一摞钱往她那边移时，德米勒插手了。他观察了公爵夫人，并提醒赌台管理人注意她巧妙的小伎俩。但是，严肃的赌台管理人吃惊地说：“可这是公爵夫人，你想怎样？”这句话让德米勒闭了嘴。

德米勒不会那么轻易被吓倒。他在蒙提的椅子后面观察着，一发现苗头就提醒他的朋友。

“最好兑成现款，换换你的座位，蒙提。他们在偷你的钱。”他低声说。

“在我还赢着的时候兑现？绝不！”蒙提尽其所能地装出高兴的口吻。

他刚开始完全是胡来，把他的钱押在那些获胜概率似乎最小的数字上。但是，他就是输不了。然后，他尝试了他听说过的几种不同的玩法，可结果它们也赢了。他最后孤注一掷，开始双倍押一种颜色的数字，希望他到头来肯定会输，可他不寻常的运气就是不让他如愿。他把他整整一摞钱都押在了红色数字上，可球仍继续落在红色的洞里，直到赌台管理人宣布银行破产。

丹·德米勒把钱收过来，数了数，有 4 万美元。然后，他把钱交给了蒙提。他离开赌台时，他的朋友既喜不自胜，又好奇他为什么看上去那么垂头丧气。他暗中责怪自己没有听从佩吉的建议。

“我很高兴在我请求你停下时你没有停下，但你的运气改变不了我的看法，那就是赌和偷是邻居。”当他们去吃晚餐时，佩吉忍不住说。

“我真希望我当时听从了你的建议。”他沮丧地说。

“然后错过你赢的运气？你真是傻到家了，蒙提！那时你可是输了几千美元。”她反驳说。她的态度前后不一，非常滑稽。

“但是，佩吉，”他一边语气平静地说着，一边直视着她的眼睛，“那会让我赢得你的尊敬。”

第二十一章
仙　境

蒙提陷入了绝望的处境。嘉年华只花了 6000 美元多一点儿，而挥霍掉轮盘赌赢的钱的机会似乎也没有。他在蒙特卡洛的经历让他不敢再赌一把，佩吉则对那个地方明显充满敌意。里维埃拉没有提供新的挥霍机会，有必要到别的地方碰碰运气了。

“我以前从没弄明白‘紧缩银根’这个短语的真正含义，”蒙提想，“上帝呀，要是它能松那么一丁点儿并保持下去，就好了。”他意识到，要谋生，就必须干点儿什么。与别处比起来，在意大利扮演帝王般的败家子角色也许会容易一些。他从各个角度研究了这一前景，但有时候它似乎是毫无希望的。旅游指南提供不了什么暗示，令人气恼。蒙提对它介绍的小经济体变得不耐烦了。他注意到了有几章介绍了意大利的湖泊，突然想到佩廷吉尔曾经对科莫湖上一座城堡心驰神往。他马上想到了一出新喜剧。他找到佩廷吉尔，要求他描述一下他的空中楼阁。

“嗨，那是个奇迹，”艺术家尖叫道，他的眼神也变得朦胧起来，“它的光芒照射在你的身上。它有着白色的阳台和角楼，就像马科斯菲尔德·帕里斯为孩子们画的那些城堡，宛如仙境。你觉得一旦醒来，就发现它消失了。”

“唉，算了吧，佩蒂，”布鲁斯特说，“否则你就要作诗了。我想知道谁是它的主人。在这个季节，它有没有可能被占用？”

“它属于某位侯爵夫人。她是个寡妇，无儿无女。他们说，出于某种原因，她害怕那个地方，从没靠近过它。城堡一直有人打理，仿佛侯爵夫人第二天就会出现，可除了那几个仆人，从来没人到那里去。”

“就是这个地方了，”布鲁斯特宣布，“佩蒂，我们将举办一个室内晚会。”

“你最好想都别想，蒙提。我认识的一个人相中了那个地方，想买下来，尝试了一年也没成功，可那位夫人有她自己的想法。”

“好了，如果你想给你认识的那个人一些暗示，帮助他达到目的的话，就瞧着我好了。如果你不想在你的梦幻城堡里住上两个星期，我马上就让大家解散，打道回府。”布鲁斯特获悉了主人的名字，并发现佩廷吉尔甚至不太清楚她的代理人的地址。在掌握这些情况后，他出去找导游了。通过菲利普，他找到了一个名叫贝尔捷的法国人。菲利普向他保证，在提供花钱的方法上，贝尔捷的鬼点子多得出奇。布鲁斯特给贝尔捷吐露了他的计划。贝尔捷意识到他终于搞定了一个称心如意的客户，不由得热情高涨起来。他知道那位神秘的公爵夫人的代理人的地址，并立即给代理人发了一份咨询电报。

代理人的回电可能会让除布鲁斯特之外的任何人气馁。他表示，主人无论什么时候都不会出租那座闲置的城堡。布鲁斯特了解到，租那样一个城堡的公道价是一个月 1 万法郎，他发电报说，他以五倍于那样的价格租两个星期。代理人回复说，他要和他的委托人联系，可能要耽误一些时间。“耽误”是布鲁斯特不懂的一个词，于是他给代理人发了热那亚的一个地址，“飞来飞去”也已经做好了出海的准备。它的蒸汽机开动了，它储存的煤炭比远洋客轮都多。菲利普得到了一个月的预付房费，高兴得喘不过气，觉得布鲁斯特一行随时都会回来。小镇的人们也愉快地和布鲁斯特、他的客人道别，给他们举行了一个王室告别仪式。

在热那亚，邮件积了不少，让游艇上的人无暇顾及其他。布鲁斯特获悉城堡的主人傲慢地拒绝了他帝王般的报价，不免有些垂头丧气。他立即把报价提升到了 10 万法郎，赢得了他的导游的终生忠诚。当这一报价也遭到拒绝时，他们俩有些傻眼，并严肃地磋商了这件事。

“贝尔捷，”布鲁斯特大声说，“我现在必须把这件事搞定。我们要怎么做？你可是来帮助我的呀！”

但是，导游虽然比画了不少手势，却一句貌似管用的话都没说出来。

“肯定有搞定伯爵夫人的办法，”蒙提若有所思地继续说，“她有什么爱好？你了解她吗？”

导游的脸突然亮了。“有了，”他说，可马上又显得有些踌躇，“可费用不菲呀，先生。”

“也许我们承担得了，”蒙提语气平静地说，“说说你的想法。”

导游解释了他的想法。为了清楚地表达自己的意思，他还做了不少手势。他在佛罗伦萨听说，侯爵夫人酷爱汽车，可由于她财力有限，汽车又很烧钱，她的这个嗜好不太容易被满足。她在冬天用的那辆车根本不是新式的。“如果先生……可那要花不少钱……别墅就不要租了吧……”

但是，布鲁斯特决心已定。“给那个家伙发电报，”他说，“说除了我上次的报价，我会再提供一辆最新潮的、最上档次的法国汽车。还要对他说，我想立即租下城堡。”

他成功地租下了它，他带领的那群人立即转移到了仙境。反对之声当然是有的，但布鲁斯特已经料到了这一点，并且他正在学习用高压手段处理事情。导游领着那些旅客前往城堡，城堡的管家和他众多的助手对他们的迎接是意大利式的，非常热情。他们也想打破自己单调乏味的生活。

那座城堡非常漂亮。它的土地呈斜坡状，一直向下延伸到了那个宁静的湖泊，这平息了批评之声。有那么一阵子，无所事事就已经令人极为满意。佩廷吉尔四处走了走，就好像他不相信这是真的。他迷失在了那种令人心醉神迷的气氛之中。至于其他人，他们虽然比较平静地接受了它，但仍觉得它像某种乐园。那些心情愉快的人在它里面发现了更深一层的愉悦，而对那些悲伤的人来说，它提供了最柔和的惆怅机会。丹夫人告诉布鲁斯特，只有诗人才能消受得起这样的好东西。佩吉则补充说：“乐极生悲。说真的，蒙提，你要是带我们回去，就好了。”

“我感觉像个因为受罚而被关进壁橱的小男孩儿，却发现那里放着果酱，”“萨博威”说，“给人的感觉就像拥有了中央公园。”

马厩设备齐全。日子在一种奇妙的宁静里流逝。一个阳光灿烂的下午，在喝过茶之后，十二个人骑上马，朝着卢加诺出发了。蒙提打定主意，要把佩吉·格雷找来加以解释。他确信她一连数天、数个星期都有意躲着他，而他找不出其中原因。他躺在床上，久久无法入眠，思考他哪里对不住她，但得出的结论却接连被下一个结论推翻。蒙特卡洛那件事似乎是最可信的原因，可他甚至在此之前就注意到，只要他靠近她，她就设法和另外一个人说话。他确信，有那么两三次，她事先看出了他的意图，然后就和丹夫人、玛丽·瓦伦丁或佩廷吉尔说话，以回避他。最后一个名字让蒙提突然打了个激灵。难道是他插在了他们中间？这让他感到苦恼，但有时候，他又觉得这似乎是不可能的。当他们骑上马，兴致勃勃地出发时，他觉得机会来了。他们要在一座小教堂的阴影里吃晚餐，仆人们已经提前去那里做准备了。事情进展顺利。在丹夫人的帮助下，晚餐气氛热烈。在回来的路上，蒙提快马加鞭，赶上了佩吉，而她似乎想和其他人在一起。他迫不及待地开口了。

“你知道吗？佩吉，”他说，“事情有些不对头，我一直想弄清楚究竟是怎么回事。”

“噢，你什么意思，蒙提？”当他停下来时，她说。

“每次我靠近你，亲爱的，你都好像有别的事情要做。如果我加入你所在的那一伙儿，你肯定会离开。”

“胡说，蒙提，我为什么要躲着你？我们都认识那么久了，至于那样吗？”不过，他觉得他发现了她的眼神有些慌张，他是对的。那个女孩儿怕他，怕他激起的莫名其妙的感觉，非常害怕遭到背叛。

“佩廷吉尔也许引起了你的兴趣，”他严肃地说，“可你至少要对我客气一些吧！”

“你真可笑啊，蒙提·布鲁斯特，”那个女孩儿生气了，“你不要以为你的百万钱财给了你支配你所有客人的权力。”

“佩吉，你怎么能这么说呢？”他打断了她的话。

她冷冰冰地说了下去：“如果我的行为打扰了阁下的雅兴，那我就去找巴黎的普雷斯顿夫妇。”

布鲁斯特突然想起来，佩廷吉尔提到过普雷斯顿夫妇，还曾经表达过想到拉丁区找他们的愿望。“跟佩廷吉尔一起吧，我猜，”他冷冰冰地说，“那肯定会给你省去不少干扰。”

“也能给丹夫人更多机会。”当他后撤时，她反驳道。

佩廷吉尔立即赶了上来。他接着提议和她来一场比赛，于是他们在月光下飞奔而去。布鲁斯特不甘落后，策马追赶他们，但没过多久，他的马就被路上一个黑乎乎的东西给吓了一大跳。然后，他看到佩吉的马在狂奔，但马上没有人。他的心一下子提到了嗓子眼儿上。他下了马，来到佩吉身旁。她没有受伤，只是蹭破了一点儿皮，她有点儿头晕，一瘸一拐。一条马肚带断了，她的马鞍翻转了。人们都受到了惊吓，默默等待着。仆人们驾着马车过来，让佩吉坐到车上。丹夫人的女仆已经在车上了，佩吉坚持有她陪着自己就够了。而蒙提帮着她上车时，低声对她说：“你不会离开的，亲爱的，对吧？你要是走了，这里的事情该怎么办？”

第二十二章

王子和乡巴佬

布鲁斯特再也受不了仙境的安宁了，他很快就开始和贝尔捷计划抛弃它。那辆不得已为神秘的公爵夫人订购的汽车让他有了别的想法。他似乎觉得，绝对有必要马上在意大利组织起一个马车车队，但这里很难找到类型合适的马车，马匹的更换又最不靠谱。因此，最简单、自然的办法还是从巴黎进口汽车。他研究了情况，发现他必须直接购买，因为租五辆汽车会让他的存款吃不消。贝尔捷于是发电报批量订购了汽车。这不仅让生产商背负了重担，也导致其他消费者纷纷抱怨，因为他们订购的汽车被莫名其妙地推迟交付了。按照导游的安排，这些汽车将在六个星期后被退回去，只是价格要大打折扣。它们立即起运了，五辆被运到了米兰，一辆被运到了神秘的伯爵夫人在佛罗伦萨的住址。

蒙提怀着非常懊悔的心情放弃了那座城堡田园牧歌般的安宁，那个地方的魅力已经让他欲罢不能，但他有着坚定的责任感，加上巴黎的司机和汽车预定于星期一抵达米兰，他也就顾不了那么多了。

他吃惊地发现他的命令得到了不折不扣的遵守。他忘了他热心的客人不知道前面有更大幅度的挥霍。他通过火车把他们带到了米兰，并大方地把他们安排在了凯沃尔酒店。他发现，他那帝王般的败家子名声早已在米兰传开。酒店发胖的主人对他毕恭毕敬。蒙提唯一的遗憾，是没赶上那群一流的艺术家在斯卡拉歌剧院举办的演唱会。演出季才刚刚结束，布鲁斯特的确错过了一个机会。恼怒的他对贝尔捷口出嘲讽之言，这着实令人不快，但还是起了作用。事实证明，导游能够应付紧急状况。他发现演出公司的经理和主要的艺术家仍在米兰，就向布鲁斯特建议，虽然搞定一场特别演出极其困难，但并非不可能办到。布鲁斯特觉得这个想法不错，就授权他尽量安排，预定整座剧院，以举办他自己的晚会。

“可这样一来，那个地方就显得有些空了。”导游抗议道，显得很吃惊。

“那就用鲜花填满它，用挂毯把它盖住，”布鲁斯特命令道，“我把这件事交给你办，相信你能办好。给他们看看事情应该怎样办。”

想到这是一个绝佳的机会，贝尔捷不由得心花怒放。他觉得，他已经在意大利出名了，把那件事做好事关荣誉。于是，他使出浑身解数，动用所有人脉，做出必要的业务安排。等到要装饰剧院时，他喊上佩廷吉尔来帮忙。他们一起监督计划的实施，把那个地方的很大一部分围了起来，分成了大小合适的小隔间。有了鲜花、灯光、挂毯，以及大量褪色的旗帜，那个平常空空荡荡的剧院模样大变。

让意大利人感到惊讶的是，这项工作居然很快就完成了。在他们抵达米兰之后的那个晚上，布鲁斯特就郑重地把他的朋友们领到了剧院。那几乎大获成功，因为他虽然无意，但的确慷慨地给米兰城带来了宛如帝王驾到般的轰动。人们也非常好奇。丹夫人和蒙提乘坐同一辆马车。她毫不掩饰地询问他们为什么引起了这么大的关注。

“他们把我们当成了美国公爵和公主，”蒙提解释说，“他们以前从没见过美国人。”

“他们也许觉得我们骑在水牛背上，”丹夫人说，“我们的火车上装着印第安俘虏。”

“瞎说什么，”“萨博威”·史密斯反驳道，“我貌似在他们脸上看到了失望的表情。他们在期盼皇冠、权杖，期盼金币像雨点儿那样落下来。说真的，蒙提，你没按规矩出牌。嗨，在怎么扮国王的问题上，我本人就能给你出不少主意。乳白色的坐骑，一群穿着亮丽制服、叽叽呱呱的随从，时不时傲慢地点点头，我跟在后面撒银子。”

“我想知道，”丹夫人说，“他们是否偶尔会厌倦当国王。你们难道不会住在宫殿里，盼着茅草房？”

“当然了，”“萨博威”笑着说，“我们难道没有亲自试过吗？啥都不吃，只吃肥牛肉，两个月下来，我就受不了了。你要是不能慢一点儿，我们十有八九要进胃病医院了，蒙提。”

于是丹夫人制订了一个计划，并立即付诸实施，邀请那群人第二天晚上共进晚餐。蒙提抗议说，他们第二天下午就要离开米兰，而这显然是他的事务，但他又是自私的。

但是，丹夫人非常肯定：“我亲爱的小伙子，无论什么时候都不能由着你的性子来。再这样下去，用不了一个月，你就要被彻底宠坏了。无论如何都不能让这种情况出现。我的职责很明确，就算必须使出大手段，我也要让你明天和我一起吃饭。”

蒙提认输了，有风度地接受了她非常亲切的邀请。紧接着，他们停在了歌剧院外面，有人毕恭毕敬地为他们带路，而这种毕恭毕敬完全是出于对其财富的尊重。无论是对布鲁斯特还是对他的客人来说，剧院的辉煌效果都非常强烈。“阿拉丁”似乎完全超越了他自己。他们过于惊奇，表现出了只有意大利人才能达到的热情，结果过了一阵子，他们才得以静下心来聆听《阿依达》这部歌剧。

在最后一次幕间休息期间，布鲁斯特和佩吉走进了休息室。他们自那次骑马以来很少说话，但他高兴地注意到，她有几次避开了佩廷吉尔。

“我觉得当我们离开湖区时，我们已经放弃了仙境，可我相信你把它带来了。”

“麻烦在于，”蒙提回答说，“周围的人太多了。我的仙境稍微有些不同。”

“蒙提，你的仙境将会用金子建造，银子铺地。你整天坐在一间大理石办公室里裁剪息票。”

“佩吉，你觉得我庸俗？我知道，那是一种令人讨厌的炫富，可我现在就是停不下来。你没有意识到事物的惯性。”

“你做得太极端了，”她插嘴说，“你太慷慨了，不可能庸俗。可这让我担忧，蒙提，让我极其担忧。我考虑的是未来，你的未来。它正在被吞噬。这种事情长不了。接下来是什么呢？你在浪费你的钱财，你没有给你自己创造任何可以看得见的生活。”

“佩吉，”他非常严肃地回答道，“你要相信我。我不能打退堂鼓，我可以告诉你，你最后不会对我感到失望的。”

那个女孩儿看着他，眼睛有些湿润。“我相信你，蒙提，”她简单地说，“我不会忘记的。”

下一幕的幕布升起了。那场歌剧快要结束时，有某种东西似乎让他们两个紧紧走到一起。当他们离开剧院时，佩吉流露出一丝遗憾。“完美呀，”她低声说，“可是，蒙提，不给别人看，难道不是一种浪费吗？想想那些贫穷的乡巴佬，他们喜爱音乐，却从来没有听过一场歌剧。”

“好吧，他们将会听一场。”蒙提随声附和，但他掩盖了他的主要动机，觉得自己像个伪君子。“我们明晚将再演一场，让他们坐满整个剧院。”

蒙提说到做到。第二天，蒙提给贝尔捷派了一项不合他口味的任务。但是，在城市当局的协助下，贝尔捷顺利完成了。在市政当局看来，这种行为是精神失常的表现，但有其高尚的一面，是可以容忍的。剧院经理却没那么得意，因为他非常担心他的室内装潢遭到破坏。

布鲁斯特发现，在意大利，金子是包治百病的灵丹妙药。他开的药方也非常慷慨。对他来说，那一天过得太快，因为佩吉对所谓的赎罪兴趣太浓厚，结果她坚持要参加准备工作。蒙提非常愿意和她合作。

让佩吉感到遗憾的是，德米勒的晚餐干扰了表演的开幕。但是，为了安慰她，蒙提做出了一个剧院和它民主的观众会遵守的承诺。丹夫人白天为准备她的宴会忙得不亦乐乎，但谁也不知道她在准备些什么。到了晚上 8 点，宴会在距离斯卡拉歌剧院不远的科瓦酒店开始。宴会在花园里进行，有音乐伴奏。然而，宴会给人一种质朴的感觉，让丹夫人的客人颇感意外。他们什么都想到了，就是没有想到这一点。他们吃了清炖肉汤、意大利面（对厨师的迁就）、排骨、豌豆，接着是沙拉和咖啡。人们的感激之情真是难以言表。“萨博威”·史密斯突然来了劲头，提议写一封感谢信。

蒙提大发牢骚，说他本人连一封感谢信的影子都没见过。他抗议说，这不合理。

“你凭什么期盼感谢信呀？”佩廷吉尔大声说，“在你从水龟和洋蓟吃到排骨和菊苣的时候吗？你什么时候给过我们喝过这样的琼浆玉液，吃过这样的美味佳肴？”

蒙提被一致表决击败了，给丹夫人写的感谢信有了保证。解决了这个问题后，佩吉、瓦伦丁夫人、布鲁斯特、佩廷吉尔步行去了斯卡拉，再次听了《阿依达》最后两幕。但是，观众不同了，喝彩声也有了变化。

第二天中午，巴黎来的司机报到了。五辆锃亮的法国“魔鬼马车”穿过人群，朝威尼斯驶去。它们穿过布雷西亚、维罗纳和维琴察，银白色的尾流四溅，让人们惊奇得目瞪口呆。布鲁斯特发现速度太快。等他们到了威尼斯，他徒然地渴望能比较舒缓地感受这个灿烂的国度。

“可这纯粹是一趟业务旅行，”他想，“我不能期盼好好享受它。但我有一天会回来，到时候要慢慢品味。如果到时候那些该死的东西不太贵，我可以在贡多拉船里待几个小时。”

正是在那里，一份电报突然把他从月下水上的美梦里唤醒，让他想起了他的责任。要想读那份电报，他需要先付 324 美元。电报一字不差地抄录了“十天赋寓言”，结尾则是“琼斯”这个简单的词。

第二十三章
求　婚

夏天几乎算不上游览埃及的好时候，但蒙提和他的客人想看看，哪怕看一点儿非洲北海岸也好。于是，他们决定，在游览雅典之后，“飞来飞去”将驶向南方。他们在佛罗伦萨遣散了汽车车队（可以说大获成功），走马观花地看了一下罗马，然后在那不勒斯见到了赶来的游艇。到了7月中旬，他们离开了热浪滚滚的埃及，觉得它还不错。按照蒙提对时间和距离的估算，最多一个月就可以返回纽约。他的钱袋子里的钱依然很多。随着9月临近，他变得经常忘记斯威伦根·琼斯，致使他无法回顾他采取的措施。就像他说的那样，他正在走向“生死一搏”，他非常害怕那100万会“负隅顽抗”。因此，如果一个人客观、无牵无挂地看着这最后的日日夜夜，那么他就会发现，它们灿烂夺目。但是，他们中每个人都暗自祈祷，希望“飞来飞去”驶入浩瀚的大西洋，最糟糕的日子早点儿过去。在亚历山大里亚，布鲁斯特给几个英国人写了信。他举办的几次娱乐活动再次成功地超越了‘阿拉丁’。

在蒙提举办的一次娱乐活动上，有一个客人是内地来的酋长穆罕默德。他是一个率直、情感强烈的家伙。当他登上“飞来飞去”时，蒙提相信，邀请他不太合理。穆罕默德很出色，受到了女人的青睐。结果几乎没什么可奇怪的，他昏了头，一看见佩吉·格雷就不可救药地爱上了她。作为一个有权有势的人，他从来没有遭到过拒绝。第二天，他沉着地派人去请布鲁斯特，告诉布鲁斯特“把她送过来”，他要娶她。蒙提怒火中烧了一两分钟，但他很快明白，最好以外交手段对待酋长的要求。他努力让酋长明白，格雷小姐不能接受他赐予她的荣誉。但是，穆罕默德一向无论要求什么都能得到满足，尤其是女人。他扬扬自得地宣布，他下午要登船，和佩吉面谈此事。

布鲁斯特仔细打量着皮肤黝黑的酋长，眼里流露着毫不掩饰的厌恶。即使仅仅想到这个相貌丑陋的人碰娇小的佩吉·格雷的手，他也感到震惊。然而，这种状况倒也挺有趣的。他想到佩吉倾听酋长表白的情景，就不由得笑了。酋长误解了他的笑，在酋长看来，他的笑代表着友谊和鼓励。他想给布鲁斯特一枚戒指作为爱情信物，但布鲁斯特谢绝了。布鲁斯特还拒绝给佩吉带一袋子珠宝。

“就是为了让佩吉看透那位老兄，我也会让他上船，”他打定了主意，“不是每个女孩儿都可以说有个东方的大人物曾请求她嫁给他，无论这多么令人讨厌。如果这个养骆驼的敢造次，我们就把他丢进海里，以换换心情。”

他颇有风度地邀请酋长上船，亲自和格雷小姐商议。穆罕默德一向予取予求。在听到需要他去恳求时，他大惑不解。布鲁斯特把这一消息透露给了“雷普”·凡·温克尔和“萨博威”·史密斯，他们一起上的岸。他们三个一致认为，应该让佩吉对酋长的求婚感到意外，这样做显得有雅量。凡·温克尔立即返回了游艇，可他的伙伴还待在岸上采购东西。当他的伙伴回到“飞来飞去”时，他们发现甲板上出现了罕见的骚乱。

原来，在他们离开后不久，穆罕默德就采取了行动。他召集了他的随从，挑选了一些来自他的后宫的贵重礼物，然后就坐上船出发了，一点儿也不耽误。“飞来飞去”的船长眺望着装扮得花里胡哨的小艇，然后召来了他的大副。他们一起观察着那些小艇的到来。两个传令官先上了游艇，宣布有权有势的酋长将要抵达。当酋长来到船的一边时，佩里船长走上前去迎他，但高级警卫把他拉到了一边。五十个皮肤黝黑的家伙一拥而上，然后酋长才上去了。他看上去简直是气派和骄傲的化身。

“她在哪儿？”他用他的母语问。船上的乘客这时才知道酋长来访。他们于是走到甲板上，心里充满好奇。

“你以这种方式来到船上，究竟想干什么？”船长现在已经怒气冲冲。他推开挡在他前面的几个随从，面对着喜气洋洋的求婚者。这时候，一个翻译介入了。勇敢的船长终于明白酋长来访的目的。他当着酋长的面笑了，并吩咐大副叫几个人，把这些人轰走。“雷普”·凡·温克尔及时插手，这才恢复了安宁。这次航行已经让“雷普”变得比较快乐，容光焕发，因此他把秘密告诉玛丽·瓦伦丁就是很自然的事情了。他一上船就把酋长的要求告诉了她，他刚离开，她就把这件事透露给了佩吉。

布鲁斯特发现酋长坐在甲板上，不耐烦地等着他的心上人的出现。他不知道她的名字，但他沉着地命令“雷普”介绍船上的所有女人，好让他从中找出佩吉。当蒙提上来时，知道秘密的“雷普”

和布拉格登正打算让女士们列队从酋长面前走过。

“他见着佩吉了吗？”布鲁斯特问“雷普”。

“还没呢。她正在打扮。”

“那好，咱们等着，看看当她从震惊中恢复过来时，酋长会做出什么反应。”

就在此时，酋长发现了佩吉。她美得宛如画中人，正在靠近那一群奇怪的人。让她感到惊讶的是，十二个奴隶挡住了她的路，趴在甲板上磕了几次头，然后站起来，奉上了两串非常华丽的项链。他为求婚做了准备，但这一行为让她感到困惑。她喘息着，迷惘地四下张望。她的朋友都在咧着嘴笑，酋长则把他的手放在他怦怦乱跳的心上。

“色狼也有痛苦啊！”“雷普”·凡·温克尔同情地说。布鲁斯特笑了。在听到笑声后，佩吉毫不犹豫地走向了酋长。她的脸红扑扑的，她的眼睛闪着令人不安的光芒。棕色皮肤的奴隶锲而不舍地拿着项链跟着她，但她根本不理睬他们。虽然她打算表现得勇敢一些，但当她正眼看着那个急切的阿拉伯人时，还是抑制不住她因为厌恶而产生的颤抖。

优雅、苗条的佩吉站在魁梧的穆罕默德面前，但他的激情并没有因为有这么多目击者在场而冷却下来。他砰的一声跪了下去，摇晃了一会儿，成功地保持了诗一般的平衡。然后，他结结巴巴地说了一堆法语、英语、阿拉伯语，但他的脸扭曲得太严重，几乎阴森可怕。

“啊，至高无上的太阳般的喜悦，珠宝一样的眼睛，请倾听穆罕默德的恳求，”他更像是在战斗中命令他的部队，而非恳求一位女士的垂青，“我为你而来，海洋、大地和天空的女王。我的船在这里，我的骆驼在那里，穆罕默德答应给你一座建在阳光普照的山丘上的宫殿，只要你让他永远沐浴在你灿烂的微笑里。”所有这些话都是用非常糟糕的语言说的。“萨博威”·史密斯后来把他的话描述成一盘沙拉。酋长的随从鞠了躬，令人印象深刻。有两三个粗鲁的美国人使劲儿地鼓掌喝彩，仿佛在认可一个训练有素的喜歌剧合唱团的行为。船员们有的吊在索具、桅杆上，有的站在甲板室的顶上。

“向那位绅士笑笑，佩吉，”布鲁斯特愉快地命令道，“他想速战速决。”

“你真粗鲁呀，布鲁斯特先生。”佩吉一边说，一边转过身来，冷冷地看着他。然后，她转向正在期待着的酋长：“你说这么多，是什么意思？”

有那么一会儿，穆罕默德看上去有些困惑。然后，他转向翻译。翻译解开了包围着她说的英语的谜团。在接下来的三四分钟里，酋长用糟糕的英语、更糟糕的法语、流利的阿拉伯语说了一通“非洲的珠宝”“星星”“阳光”“女王”“天堂般的喜悦”“沙漠的珍珠”，以及别的一些东西。即使他活一千年，他也兑现不了他正在做的承诺。最后，勇敢的酋长深深地吸了一口气，挤眉弄眼地傻笑着，用准确无误的英语打出了他的王牌。他可怜巴巴地说：“你是一颗水蜜桃。”

这些美国听众令人难堪地起了哄。索具上的一个家伙突然想起了家乡，就唱了一两节“星条旗永不落”。

在完成了他认为是他的仪式后，酋长站起来，朝他的小船走去，并沉着地示意她跟上。在他看来，事情已经成了。但是，佩吉请求他停一会儿。她的心脏就像个大锤那样敲击着，眼里充满激动。

“我很感激你给了这么大的荣誉，可我有个请求。”她口齿清楚地说。穆罕默德踌躇不决地停住了，他有些恼怒。

“现在该给他一点儿颜色瞧瞧了，”蒙提低声对丹夫人说，他喊道，“佩里船长，派六个人过去捡珠子，它们就要从陛下的脖子上掉下来了。”

第二十四章

酋长的策略

佩吉动人心弦地冲酋长笑了笑，然后瞟了一眼眉开眼笑的瓦伦丁夫人。瓦伦丁夫人冲她点点头，表示赞同。

“你难道不给我点儿时间，好让我下去收拾我有可能需要送到岸上的东西？”佩吉天真地说。

“我的天呀！”蒙提呼吸急促地说，“没办法拒绝他了。”

“你什么意思，蒙提·布鲁斯特？”佩吉转过身，忽闪着眼睛，冲着他喊道。

“唉，你在怂恿那位老兄。”他抗议道，声音里充满失望。

“就算我是在怂恿他，那又怎样？这难道不是我自己的事情吗？我想我猜得没错，他要我当他的妻子。如果我愿意，接受他难道不是我的权利吗？”

布鲁斯特的脸色有些难看。他不相信她是认真的，但他颇为不快地感到，他现在要吞下开玩笑的苦果了。其他人死死地盯着脸红的佩吉，静待事态发展。

“不要不把这个家伙当回事，佩吉，”蒙提一边说，一边走到她的跟前，“不要怂恿他。如果他觉得你在耍他，他会翻脸不认人的。”

“你真是太搞笑了，蒙提，”她赌气喊道，“我没打算耍他。”

“那好，那你干吗不去告诉他，你跟他走？”

“我没有看见任何散落的珠子。”“雷普”责备道。酋长不耐烦地对翻译说了些什么。为了佩吉好，他的话值得重复一下。

“先知之子希望你快点儿，世界的女王。他等得不耐烦了，命令你立即跟他走。”

佩吉皱起眉头，轻蔑地看了一眼一脸怒容的酋长。然而，片刻之间，她又露出令人愉悦的微笑，转向了台阶。

“天呀！你要去哪儿，佩吉？”洛特罗斯喊道。他第一个感到害怕了。

“把一些东西扔进我的箱子，”她用无所谓的口吻说，“你不来帮我吗，玛丽？”

“佩吉！”布鲁斯特怒吼道，“这太过分了。”

“你说得晚了，蒙提。”她平静地说。

“你要干什么，玛格丽特？”丹夫人喊道。她惊讶得瞪大了眼睛。

“我打算嫁给先知之子。”佩吉的回答毅然决然，让每个人都倒抽一口凉气。没过多久，她就被一群激动的女人围住了。佩里船长则声如惊雷地招呼那些人到他跟前去。

布鲁斯特推开人群，走到她的旁边。他的脸色煞白。

“这不是开玩笑，佩吉，”他喊道，“你下去吧，我会把酋长甩掉的。”

就在此时，那个身材魁梧的阿拉伯人站了出来。他不喜欢那帮美国人那样对待他的心上人。他带了两个矛兵冲向布鲁斯特，同时愤怒地呜里哇啦着什么。

“往后站，你这个傻瓜，否则我就打烂你的脑袋！”布鲁斯特突然大喝一声。

佩吉这才意识到，她和玛丽为惩罚布鲁斯特玩的小把戏有其严重的一面。恐惧突然代替了欢笑。她慌忙抓住了蒙提的胳膊。

“我开玩笑的。蒙提，就是开个玩笑，”她喊道，“唉，我都干了些什么呀？”

“这是我的错，”他喊道，“可我会照顾你的，永远不要怕。”

“站到一边去！”酋长充满威胁意味地吼道。

局面非常凶险。那些女人吓傻了，她们没有逃走，而是害怕地站在那里。船员们急切地涌上甲板。

“离开这艘船，”蒙提以一种异样的冷静口吻对翻译说，“否则我们就把你以及你们这一伙人扔进海里。”

“冷静！冷静！”“萨博威”·史密斯马上喊道。他走到布鲁斯特和那个愤怒的求婚者之间，结果仅仅这一举动就预防了更严重的麻烦。

在他和酋长商谈时，德米勒夫人急忙拉着佩吉走到了甲板下面一个安全的地方，后面跟着一群打着哆嗦的女人。可怜的佩吉几乎要落泪了。酋长跟了过去，布鲁斯特拦住了他。佩吉楚楚动人地瞟了布鲁斯特几眼。这几眼狠狠地击中了酋长的心灵，让他愿意为她战斗到死。

人们几乎花了一个小时的时间才让酋长相信，佩吉误解了他的意思，以非洲的方式向美国女人求爱是不对的。他带着他的全部随从离开了，非常失望，愤愤不平。他刚开始威胁要强行带走她，然后又同意给她一天时间考虑是否自愿跟他走。接着他又断定，手里的一只鸟比得上林子里的两只鸟。

激动的人们对强硬的求婚者怒目而视，而布鲁斯特则闷闷不乐地站在人群外面。在这场讲求策略的斗争中，他的头脑冷静下来，开始担心这个地方的安全。酋长发出的报复威胁是可怕的。他凭某人的胡子发誓，他要带一万人来，通过武力实现他的要求。他为她而战的强烈愿望被佩里船长部署的六个健壮的船员压制住了。他们哼着鼻子，用力晃着他们的大拳头。这让酋长和他的随从不敢轻举妄动。有三个仆人向后退去，想尽可能远离危险，结果掉进了海里。

穆罕默德离开了。他离开时愤怒地宣布，他会找时间再来的，等他来了，整个世界都会战抖。布鲁斯特厌恶自己，也不敢看其他男人的眼睛，就下去找佩吉了。几位焦急的女士围住了他。他花了一些时间安慰她们，然后询问格雷小姐在哪儿。她在她自己的客舱里。当他敲门时，她没有出来。客舱里传出一个阴郁而烦恼的声音，要他走开。

“出来吧，佩吉。没事了。”他喊道。

“请你离开，蒙提。”她说。

“你在里面干什么？”他问。过了好一会儿，里面才传来一阵令人怜悯的低声痛哭：“我在宽衣，请你走开，先生。”

那天晚上，布鲁斯特在游艇上款待了几个住在当地的法国和英国熟人。德米勒夫人受专门委托，讲了白天发生的事情。她生动地讲述了当时的情景，求婚者的狼狈相逗得客人们哈哈大笑。佩吉和布鲁斯特此时发现他们互相在不好意思地看着对方，在随后的音乐演奏会期间也是如此。她那天晚上刻意躲着他，但她坚强地忍受着其他人开的善意玩笑。如果她的面色有些苍白，那么这一点不应该令人感到意外。现在，回想起整个事件，她感到后怕，怕得超过了她预想的程度。几个客人严肃地宣称，穆罕默德是一个危险的人，就连政府也惧他三分。听了这话，她感觉如鲠在喉。她忧郁的眼睛本能地转向了布鲁斯特，他似乎正是酋长报复的目标。

第二天，她和蒙提把事情谈开了。双方的悔意看上去都挺好的。他们都不想让对方承担所有罪责。他们都很快乐，于是在他们的谈话中，穆罕默德变得无足轻重。但是，港口里整天都停满了渔船。到了夜幕降临，它们仍无所事事地在周围晃荡，凶险、神秘、焦躁不安，就像没有找到目标的秃鹫。渔船上的那些阴险的人们既没有打鱼，也没有去管折叠着放在船底部的渔网。

入夜很久了，“飞来飞去”上仍有人在狂欢。有很多客人是从城里来的。在天亮前黑黢黢的那几个小时里，他们才离船登岸。但是，那些渔船仍在海港黑乎乎的水里摇摆着。游艇舷窗里的光逐渐消失，疲惫的值夜人即将如释重负。客人下船后，蒙提和佩吉仍留在甲板上，他们斜倚着船尾的栏杆，倾听着客人愉快的、渐远渐无的声音。城市灯火阑珊，从海面上看，依然清晰可见。

“你累吗，佩吉？”布鲁斯特轻声问道。近来，也不知道怎么了，他常常有一种奇怪的欲望，想把她揽入怀中。现在，他又强烈地感受到了这种欲望。她靠得非常近，她的精神也有些萎靡，似乎需要保护。

“我有一种奇怪的感觉，觉得今晚有可怕的事要发生，蒙提。”

她柔声说道，但她的声音有些不安。

“你不过是太紧张了，”他说，“你应该去睡觉。晚安。”他们的手在黑暗中碰到了一起，一股麻酥酥的感觉流遍他的全身。他意识到，他只是模模糊糊地保持着清醒。那种麻酥酥的感觉让他心头狂喜。然而，当他想到她，想到她对他不冷不热的情感，他又感到沮丧。

某种东西撞上了船的一侧，紧跟着响起了一阵刺耳的声音。然后，又传来几声砰砰声，还有受到扰动的水的哗啦声。就在佩吉和布鲁斯特正要下去时，他们听到了这些奇怪的声音。

“那是什么？”当他们犹豫不决地停在那里时，她问道。他大步走向栏杆，她紧随其后。几声刺耳的口哨声从他们上面和后面传来，可还没等他们弄明白怎么回事，结果就变得非常明显了。

就像变魔术那样，船的两侧出现了模模糊糊的身影。在他们身后，黑豹一样的身影砰砰地落在甲板上，仿佛来自上面漆黑的天空。先是出现了片刻可怕的宁静，然后危机就出现了，十几个矫健的身影扑向布鲁斯特，布鲁斯特完全没有料到，瞬间就被扑倒在甲板上。他试图喊人帮忙，但他的嘴被人用手死死地捂住了，佩吉马上尖叫起来，吓得无法动弹。她觉得自己被强健的胳膊抱住了，嘴也被捂得严严实实。事情发生得太快了，他们根本没时间发出警报，也没机会抵抗。

布鲁斯特感觉自己的身体被举了起来，然后有跌落的感觉。他撞到了什么东西，然后重重地摔到甲板上。他后来发现，那些攻击他的人之所以没能把他从船上扔下去，是因为在匆忙之中，他们丢下他时撞上了一根支柱。佩吉被一些人推来推去，然后猛地落在了一个硬物上。她感到一阵急拉、摇摆的运动，船桨突然划动了。然后，她就什么都不知道了。

袭击者精心做了筹划，并且非常耐心，成功理所当然。他们默默地、警觉地、非常有把握地等了很久。没人能解释清楚，他们有多少人偷偷登上了“飞来飞去”，以及在发动攻击前潜伏了多久。他们的绑架如此迅速、精准，结果直到那些小船完全离开游艇，一个值夜人才发出了警报。那场攻击虽然计划周密，但他还是被漏掉了。

睡意蒙眬的船员冲上了甲板，速度之快令人惊讶。他们很快就发现了布鲁斯特，解开了他身上的绑绳，还把几个受伤的同伴带到了下面。佩里船长穿着睡衣来到甲板上，开始指挥他们的行动。

“探照灯！”布鲁斯特慌忙喊道，“那些家伙偷走了格雷小姐。”

一些人飞快地降下小船去追赶，其他人拿着枪站在甲板上。没过多久，探照灯的白光就照在了水面上，人们则急切地寻找着袭击者的船只。那些阿拉伯人没有料到游艇上有探照灯。神秘的光束射入了天空，然后向下扫过海面，就像一只无情的大眼睛把他们从黑暗中找了出来。他们得意扬扬的劲头在这时消失了。

“飞来飞去”的小船入了水，健壮的桨手摇动着船只。没过多久，袭击者的船只就被发现了，人们高兴地喊叫起来。袭击者的船只离游艇很近，显然他们不太会划桨。借着从游艇甲板上射来的光，人们可以看到，他们在疯狂地划桨，他们仿佛也受到了惊吓，身上穿的白袍在颤动。从游艇上放下四艘小船，全都聚在船舷边缘。

“用光照着他们，船长，”蒙提从下面喊道，“试着找出格雷小姐在哪条船上。开始行动，小伙子们！我奖励你们每人100美元……还有，如果我们必须要为她而战，那就奖励 1000 美元！”

“把他们中每个该死的家伙都干掉，布鲁斯特先生。”上校吼道。当他知道甲板上还有女人时，他让一艘小船后撤了。

三艘小船子弹一般离开船舷。布鲁斯特和乔·布拉格登在第一艘船上，他们都拿着步枪。

“让我们朝他们开一枪。”船尾的一个船员把手指放在扳机上，喊道。

“不要那么做！我们不知道佩吉被扣押在哪条船上，”布鲁斯特命令道，“保持冷静，小伙子们，准备动手，如果有必要的话。”他害怕、焦急得快要疯了。他下定决心，如果袭击者胆敢伤害他们扣押的女孩儿，他就会把他们全部消灭。

“她在第二艘船里！”游艇上有人喊道。探照灯于是一直照着那个特殊的目标，几乎没有顾及其他。但是，佩里船长觉得有必要把它们全都清晰定位，以防阿拉伯人耍花招。

布鲁斯特率领的健壮船员就像灰狗那样出现了。当他们冲到袭击者的船只中间时，他们欢呼起来。狂热的美国小伙儿们从三艘船上朝天空开枪。恐慌的阿拉伯人大声喊叫，赶忙避开。布鲁斯特的船现在处在探照灯照射的路径上，距离扣押着佩吉的那艘船不远。他站在船头。

“当心别的船！”他向后朝他的追随者喊道，“我们要追领头的船。”

作为回应，后面的人欢呼起来，还开了六枪。由于兴奋过度，美国船员甚至骂起了脏话。他们要“当心”的那只船上的人则尖叫起来。

“停下！”布鲁斯特冲阿拉伯人喊道，“停下，否则我就把你们通通杀光！”他的船距离另一艘船最多有五十英尺。

突然，一个身穿白袍的高个子从那艘船的中间站了起来，他用一条长长的胳膊把佩吉夹住，另外一条胳膊则高高地举在她的上方，手里握着一把亮闪闪的小刀。

“你要是敢，就冲我们开枪好了！”那个高个子的阿拉伯人用法语喊道，“美国狗，你要是靠近她，她就得死！”

第二十五章

营救佩吉

布鲁斯特的心脏几乎要停止了，他脸色煞白。在游艇上的探照灯的照射下，那个阿拉伯人和佩吉的轮廓印在黑色的夜幕上，清晰可辨。他发出的危险信号无疑是认真的，目击者中无人怀疑他高高举起闪着寒光的刀子的可怕意图。对劫持佩吉的人来说，她的身体起到了盾牌的作用。布鲁斯特和布拉格登认出那个人是穆罕默德的一个重要仆人。他看上去非常凶残。在穆罕默德来访那天，他吸引了很多人的注意。

“看在上帝的份儿上，不要杀她！”布鲁斯特痛苦地喊道。那个阿拉伯人脸上露出邪恶的笑容。他正要轻蔑地回骂，意外情况发生了。

布鲁斯特的船尾部骤然响起了枪声，一颗子弹不偏不倚，径直朝那个高个儿阿拉伯人的前额飞去。子弹击中了他的眉心，瞬间要了他的命。刀子从他手中飞了出去。他先是站直了身体，然后一头栽倒。他没有倒在他的桨手中间，而是倒出了船舷。还没等有人伸出手加以阻止，他就和佩吉落入了海里。

美国人发出了恐怖的喊叫，但奇怪的是，他们的喊叫倒像绑架者发出的胜利的叫声。就在布鲁斯特准备跳进水里时，一颗流弹飞过他，伴着水花溅起的回声，落入了海里。那个开枪的人的想法很聪明，他在实施一个颇有创意的计划的最后细节。那个人在船中的位置让开枪的人有理由认为，他只能向前倒下。这意味着，他要从船的一侧落水。他想清楚了这一切，就径直地、不偏不倚地开了枪。几乎就在阿拉伯人和佩吉落水时，他游了过去。

蒙提没过多久就跳进了水里，朝他们消失的地点游了过去。那个地点位于他的船的行进路线稍稍偏左的地方。枪声大作，夹杂着咒骂和欢呼，但他对这些声音充耳不闻。他落后那个开枪的人有一两个身位。他满心期盼那个开枪的人能够成功地抓着仍漂在水面的白袍。他的船员“正在倒划”，用尽力气猛转船只，以便营救佩吉。

那个开枪的人奋力游动，第一个抵达了那个地点，但没能及时抓住正在消失的白袍。就在他伸出一条胳膊去抓那个女孩儿时，她沉了下去，他毫不犹豫地跟了下去。佩吉已经挣脱了那个阿拉伯人的控制，他已经向水底沉去。她在子弹飞过去时已经有些神志不清了，但落入冷冷的水中后，她苏醒了过来。由于奋力挣扎，她在水面上待了相当长的时间，但不足以让营救她的人赶到她身边。她感觉自己在不断下沉，窒息、闷气、奄奄一息。就在此时，一个老虎钳一样的东西抓住了她的胳膊，她感到自己正在被奋力地向上拽。

那个开枪的人奋力把佩吉拖到水面上，布鲁斯特马上游到了他的身边。他们一起托着她，直到一艘船赶来，他们被拽到了船上。到了这时候，那些绑架者就像没了头羊的羊群那样四散奔逃。由于再也没有需要搜寻的目标，小小的美国舰队匆忙赶回了游艇。当布鲁斯特怀着激动和喜悦把佩吉带到船上时，佩吉已经完全清醒了。她躺在船底，布鲁斯特低声对她说了几句话，这几句话足以让她精神为之一振。

“飞来飞去”上的人们激动万分，恐惧让位于喜悦。绝望曾经紧紧地攥住了他们的心，而现在他们则高兴得快发疯了。佩吉被匆忙送到了她的船舱中，洛特罗斯医生照看着她，船上的所有女士都在一旁协助。那个开枪的人和布鲁斯特虽然已经浑身湿透，但非常开心。兴奋的人们把他们架起来驮到了一个地方，先给他们喝了热威士忌，然后给他们披上了毯子。

“你已经还了人情，康罗伊。”布鲁斯特一边热情地说着，一边把身体倾斜过去，去和那个与他分享荣誉的人握手。康罗伊坐在他同伴的肩头，笑得合不拢嘴。“我那天救了你的命真是幸运，比我想的还要幸运。”布鲁斯特说。

“那没什么，布鲁斯特先生，”年轻的康罗伊说，“我看到一个干掉那个大个子的机会，然后就觉得我有义务把格雷小姐从水里救出来。”

“你冒了很大的风险，康罗伊，可你干得不错。要不是你，我的朋友，他们可能就把格雷小姐带走了。”

“别提了，布鲁斯特先生，这没什么，”康罗伊稀里糊涂地抗议道，“为了你和她，我什么都愿意干。”

“‘把你的面包撒到水上，会再次得到它’这句谚语说的是什么意思呀？”当人们都喜气洋洋地跟着队列来到下面时，乔·布拉格登这样问“雷普”·凡·温克尔。

那天晚上，人们再也没有入睡。事实上，在营救人员返回游艇后不久，太阳就出来了。人们无拘无束地谈论起穆罕默德手下的大胆尝试，每个船员对追赶和营救的讲述都不同。这一事件成了很多日子的谈资，无论是在船员之间，还是在乘客之间。丹·德米勒无情地责怪自己一直在睡觉，郁闷了好一阵子，因为他错过了一个“干点儿什么”的大好机会。第二天上午，他提议追杀酋长，并愿意亲自带队发动突袭。政府展开了调查，官员试图追究穆罕默德的责任，但他逃进了沙漠，搜寻无果而终。

布鲁斯特拒绝分享营救佩吉的光荣，把康罗伊当作真正的英雄推了出来，但康罗伊说，如果没有帮助，他成功不了，因为当蒙提赶过去时，他已经精疲力竭了。佩吉发现，在她心乱如麻时，要亲切地感激别人很难。她感激的话语听起来虚弱得可怜，也不充分。

“即使是别人去救她，情况也一样，”蒙提既沮丧又若有所思地说，“她就像个妹妹那样照顾我，这就够了。佩吉，佩吉，”他悲叹道，“只要你能爱我，我就会……我就会……唉，好吧，这样想没用！她会爱上别的某个人，肯定的，而且还……很幸福。如果她对我的感激能有对康罗伊的感激的十分之一，我就满足了。他运气好，第一个赶到，这就是事实，可上帝知道，我也试图那么做。”

丹夫人敏锐地察觉到了真相，并立即尝试解决问题。她很聪明，不会无情地投入战斗，而是先奠定基础，然后利用手边的众多材料，巧妙、安全地建造大厦，日复一日。她要帮助的人自身太上心，不会感激局外人的介入，而丹夫人在爱的冲动上是非常聪明的。

在遭遇劫持后，佩吉一连数天都不太舒服。当游艇终于离港西行时，船上的人全都明显松了一口气。布鲁斯特有些沮丧，而这可能和他前一天收到的一封电报有关，但他不愿意承认。电报是斯威伦根·琼斯从蒙大拿发来的，简单的训诫透露着不祥的意味。电文是这样的：

布鲁斯特，

美国领事馆，亚历山大里亚

在有好日子可过的时候过得愉快。

S. 琼斯

蒙提的大脑快要爆炸了，因为聚集在它里面的希望、恐惧、不确定性太多，远远超出了它通常的容量。他似乎觉得，要处理仅仅涌到他一个人身上的事务，就需要十几个人的大脑。他那一年的时间剩下不到两个月了，结局多少有些难料。单单这些就足以让人揪心，但要承受新的麻烦，又无限艰难。当他坐下来再三考虑他的财务状况时，他却走了神，想到了佩吉·格雷，然后一切都变得没有什么希望了。他回想起，他曾经鼓起勇气和信心，去向芭芭拉·德鲁求爱，向那个魅力无限、老于世故的芭芭拉求爱。现在他看到，在他追求佩吉·格雷的时候，勇气和信心正在离他而去，他苦笑起来。出于某种原因，他对芭芭拉很有把握；出于另一种原因，他觉得他和佩吉没机会。她和芭芭拉不是一类人，她与众不同。她挺好的，她是佩吉。

蒙提的思考偶尔会呈现出计算的重要性。他的航行肯定会花费20万美元。这是一个帝王般的数目，但还不够。斯威伦根·琼斯和他的电报并没有让蒙提过于害怕。花掉那100万对他来说已经成了习惯，他已经不再去考虑结果了。除了佩吉，他还想增加航行的花费。就在他们离开直布罗陀时，他烦躁的头脑里又产生了一个新的想法。

他决定改变计划，驶往北岬角，从而给他的贷方再增加 3 万美元。

第二十六章

哗　变

当蒙提产生这种想法时，他正在甲板上。他立即告诉了他正在吃早餐的客人。虽然他对他们关于这个想法的见解存有疑虑，但他还是没有料到，在宣布之后，大家沉默以对。这让他感到不安。

“你是认真的，布鲁斯特先生？”佩里上校问道。在那群人里，他第一个从惊讶中恢复了过来。

“我当然是认真的。我租了这条船四个月，还享有续租一个月的特权。我看不到任何阻碍我们延长旅行的理由。”蒙提说话的口气自信满满，他接着说，“你们这些人习惯于抗议我的每个提议，现在你们也忍不住要这么做。”

“可是，蒙提，”丹夫人说，“要是你的客人宁肯回家，该怎么办？”

“废话。我本来就请求你们航行五个月。此外，如果想在 8 月中旬回家，只有一个办法，那就是前往费城。”

尽管布鲁斯特在他朋友面前表现得非常勇敢，但在他的特等舱的私密空间里，他却屈服于正在逼迫他的沮丧情绪。在遭到反对时继续执行他的计划，是他一生中面临的最艰难的任务。他知道，船上的男男女女之所以反对他的计划，至少是为了他好。在这种状况下，他难以一意孤行。他整个上午都有意躲着佩吉。他仅在客厅里瞥了她一眼，就心烦意乱到了极点。

人们的情绪低落了。北岬角有吸引力，但与它相关的宣告太突然，很快就逆转了他们普遍的期待和愿望。很多客人原本有 8 月到家的计划，即使那些没有计划的人也腻歪了那种兴奋。他们上午曾短暂地聚在一起讨论当前的情况。他们全都宽宏大量。每个人都确信，如果他的账户足以支撑新的航行，他会无限期地航行下去。他们觉得，他们必须铤而走险。

他们的小聚会虽然不冷不热，但足以让他们结成反抗的团伙。到最后，有人呼吁在主舱召开全体会议。佩里船长、大副和轮机长受邀与会，但蒙哥马利被排除在外。乔·布拉格登忠心耿耿地表示，在会议进行期间，他会把蒙哥马利支到别的地方。门上了锁。会议主席丹·德米勒粗略地扫了一眼，发现除了乐于奉献的布拉格登，其他人都到齐了。佩里船长显然有些紧张、心烦意乱。其他人窝着一肚子火。他们的火气后来爆发了。

“佩里船长，我们聚在这里是有目的的，”德米勒清了三次嗓子，然后说，“首先，正如我们所理解的那样，你是这条船队的航行主管。换句话说，按照海事法，你是这次远征的指挥官。你一个人就可以向船员下命令，你一个人就可以离开一个港口。除了普通雇主享有的权利，布鲁斯特先生没有任何权利。我说的对吧？”

“德米勒先生，如果布鲁斯特指示我驶往北岬角，我会照他说的做，”船长坚定地说，“这条船在整个租借期内都是他的。我和我的船员受聘驾驶它，直到 9 月 10 日。”

“我们理解你的立场，船长，我也相信你理解我们的立场。我们其实并不想结束这次非常愉快的航行，但我们认为，对布鲁斯特先生来说，以如此巨大的开销延长航行简直傻到家了。他是一个富人，或曾经是一个富人，但我们无法否认，他花的钱太多了。坦白地说，我们不想让他把更多的钱花在这趟航行上。你明白我的立场吗，佩里船长？”

“完全明白。我衷心希望我可以帮助你和他。然而，我受合同的约束，尽管我现在非常后悔。”

“船员怎么看这附加的行程？”德米勒问道。

“他们航行五个月，将会拿到五个月的报酬。他们的待遇很优厚。他们会忠于布鲁斯特先生，直到最后。”船长说。

“那么，没有哗变的可能吗？”史密斯懊悔地问道。上校狠狠地瞪了他一眼，没有说话。每个人都似乎有些不爽。

“很显然，唯一可行的办法就是史密斯先生今天上午提出的办法，”丹夫人代表女人们说，“我敢肯定，如果佩里船长和他的主要助手能够听听那个计划，那么就没有人会反对了。”

“这其实非常必要，”瓦伦丁先生说，“没有他们，我们寸步难行。但我肯定，他们会和我们一样认为，那个计划是聪明的。”

一个小时后，会议结束，密谋者来到甲板上。奇怪的是，没有一个人独行。他们三五成群地走着，他们隐藏的秘密几乎让人一望便知。没有一个人愿意单独面对激动的、情绪高涨的布鲁斯特，他们在结伴中找到了力量和安全感。

佩吉反对那个阴谋，然而她知道，他们提议采取的措施是有道理的。她最后不情愿地加入了他们，但觉得她是他们那一伙儿里隐藏最深的叛徒。她忘记了她本人也对蒙提挥霍钱财的行为感到担忧，她站出来捍卫他的权利，直到最后，她泪汪汪地向德米勒夫人承认，她这么做“实在不理智”。

在签署同意书后，她一个人待在她的船舱里，想知道他会怎么想她。她欠他太多，至少应该支持他。她觉得，他也许会意识到这一点？她怎么能转而反对他呢？他不会理解的……他肯定永远不会理解。他会厌恶她和其他人一起反对他，比厌恶其他人更甚。她进退维谷，不知道怎么办才好。

蒙提发现他的客人令人费解，他们几乎没有兴趣听他的计划，他只能看出，他们有些不爽。他们以前可没有这样过，他们感到了压力。“他们没精打采地瞎转悠，就像一群生气的少男少女，”他低声对自己吼道，“但不管发生什么，现在要去北岬角。就算整整一群人抛弃了我，我也不在乎。我意已决。”

尽管他做了尝试，他也没能单独见着佩吉。他有很多话想对她说。他也迫切地渴望她能同意，让他得到安慰，但她一直牢牢地黏着佩廷吉尔，令人气馁。他又感到了他在科莫感到过的那种嫉妒，心神不宁。

“她觉得我是一个不可救药、没有脑子的傻瓜，”他自言自语道，“可我不怪她。”

就在夜幕降临之前，他注意到他的朋友聚在船头。当他朝他们走过去时，“萨博威”·史密斯和德米勒走过来迎接他了。其他人中的一些人有点儿尴尬地笑着。但那两个男人却显得庄重、果断。

“蒙提，”德米勒坚定地说，“我们一直在密谋反对你，已经决定明天上午驶向纽约。”

布鲁斯特立即停下了脚步。他们永远都不会忘记他脸上的表情，他的脸上先是露出困惑的表情，接着是不敢肯定，然后是痛苦。他愣了几秒钟，一句话也没说，他的脸颊因为受辱而变红了。他的眼神摇摆不定，就像一个遭到围猎的人那样。

“你们已经决定了？”他有气无力地问道。不止一个人同情他。

“我们不愿意那么做，蒙提，但这是为了你好，我们也没有别的法子，”“萨博威”·史密斯说道，语速很快，“我们投票表决过了，没有人反对。”

“这显然是一场哗变，我认了。”蒙提说。现在他成了孤家寡人，失望至极。

“我们没必要向你解释我们为什么采取了这一步，”德米勒说，“在游戏的这个阶段反对你，我们也很难过。一直以来你都是最好的，还有……”

“打住，”蒙提喊道。他的自信又回来了。“没时间吹捧。”

“我们喜欢你，布鲁斯特。”瓦伦丁先生过来帮助主席了，因为其他人眼巴巴地看着他。“我们太喜欢你了，我们承担不起你挥霍无度的责任。这会让我们所有人颜面无光。”

“我们从没有提过有问题的那一面，”佩吉愤愤不平地喊道，接着，她声音有些怪怪地说，“我们心里只有你。”

“我理解你们的动机，我感激你们，”蒙提说，“可遗憾的是，我要告诉你们，航行必须以这种方式结束，因为我也决定了。游艇将会把你们载到一个地方，你们可以在那里搭乘一艘汽船回纽约。

我将确保所有人的行程，你们很快就会到家。佩里船长，你能不能帮我个忙，立即确定我的客人也许会同意的一个港口？”他有意离开，但“萨博威”·史密斯拦住了他。

“找一条汽船去纽约？你什么意思？‘飞来飞去’不是挺好的吗？”“萨博威”·史密斯问道。

“‘飞来飞去’现在不打算去纽约，”布鲁斯特坚定地回答说，“尽管你们下了最后通牒。但它将载着我去北岬角。”

第二十七章

一个相当不错的叛徒

“你现在傻了吧？”当蒙提走下舱梯时，雷吉·范德普尔冲德米勒喊道。他的话说得正是时候，因为整群人压抑的情绪现在全都被发泄到了这个不走运的年轻人身上。“萨博威”·史密斯想把他吊在桅杆上。其他人的谴责太毅然决然，迫使雷吉躲到了海图室里。但是，那种气氛大体上很快一扫而光了。哗变的领导者们召开了秘密会议，商讨问题。在开会期间，女士们都等在甲板上。她们一致认为，他们没有处理好事情。

“只要蒙提允许德米勒管理航行事务，他们就应该答应待在船上，”瓦伦丁小姐说，“那将是一种让步，但与此同时，它也会节省航行费用。”

“换句话说，你会接受一个男人发出的参加晚宴的邀请，只要他让你管理它，并邀请其他客人。”佩吉说。她急于为蒙提辩护。

“好吧，那总比帮他吃光他拥有的全部食物好一些。”但是，瓦伦丁小姐一向只要有可能，就避免争执，她说完这句话就离开了。

“关于蒙提的挥霍，肯定有我们不了解的东西，”丹夫人说，“他不是那种把他最后一点儿钱都花个精光的人。他的疯狂肯定是有原因的。”

“他是为了我们才那么做的，”佩吉说，“他一直尽心尽力地让我们高兴，现在我们这么做，是在表达我们的感激。”

密谋委员会出现了，她们的讨论没有进行下去。所有人都被召集到一起，听德米勒做主席报告。

“我们找到了一个解决我们困境的办法，”他开口了，他的腔调是那么愉快，让所有人都充满了希望，“这个办法有点儿铤而走险，但我觉得它管用。蒙提曾经答应我们，我们可以在任何一个港口离开游艇，只要我们能够搭乘去纽约的汽轮。现在，我建议，我们要为我们所有人选择最便捷的地方，而最便捷的地方显然莫过于波士顿。”

“丹·德米勒，你真是蠢不可及。”他的妻子喊道，“究竟是谁想出了这么一个荒唐的主意？”

“佩里船长接到了指令，”德米勒一边说，一边转向船长，“我们不是在按照布鲁斯特自己标出的航线行动吗？”

“如果你发话，我就驶向波士顿，”若有所思的船长说，“但他肯定会取消这样一道命令。”

“他不能那么做，船长，”“萨博威”·史密斯喊道，他早就想加入讨论了，“这是一场名副其实的、彻头彻尾的哗变。我们预计会实施原来的计划，给布鲁斯特先生戴上手铐、脚镣，直到我们消灭一切反对力量。”

“他是我的朋友，史密斯先生，我至少会保证他免于遭受任何侮辱。”船长冷冷地说。

“你驶向波士顿，我亲爱的船长，剩下的事就交给我们，”德米勒说，“布鲁斯特先生无法取消你的命令，除非他亲自见到你。我们保证让他没机会和你说话，直到我们看见波士顿港。”

船长看上去有些困惑，他摇着头离开了。但他在心里是支持哗变者的。他决心在不违反他对布鲁斯特所承担的义务的前提下，尽可能长时间地协助他们。然而，他在黎明时分偷偷下令驶向波士顿时，仍然于心有愧。他的主要助手知道那个秘密，但船员们对“飞来飞去”的目的地却浑然不觉。

蒙哥马利的客人对这个计划非常高兴，只是拿不准结果。丹夫人后悔她对计划的评价太草率，热切地参与到密谋中去了。按照密谋者制订的计划，蒙提的舱门整个夜里都有两个人把守。第二天早上，在从舱里出来时，他遇见了“萨博威”·史密斯和丹·德米勒。

“早上好，”他问候道，“今天天气怎么样？”

“好极了，”德米勒回答说，“顺便说一句，你要在你的舱里吃早餐，老朋友。”

布鲁斯特没有怀疑，领着他们两个进了他的舱室。

“究竟怎么了？”他问道。

“我们受托干一件非常令人厌恶的差事，”“萨博威”一边说，一边锁上门，“我们来这儿是要告诉你，我们选择了哪个港口。”

“你们能告诉我，太好了。”

“是呀，你也这么觉得吧？我们研究过对‘囚犯’的侠义之道。我们选择了波士顿。”

“海这边儿有个波士顿吗？”蒙提略感惊奇地问道。

“没有。据我们所知，世界上只有一个波士顿。”

“你们究竟在说什么？你们说的难道是马萨诸塞州的波士顿？”蒙提喊道，一跃而起。

“完全正确。我们选的就是那个港口。你对我们说过，让我们自己选择。”史密斯说。

“好吧，我就是不同意，”布鲁斯特愤愤不平地叫道，“佩里船长只接受我的命令。”

“他已经收到了命令。”德米勒一边说，一边神秘兮兮地笑了。

“我倒要看是不是这样。”布鲁斯特向门口跳去。门被锁了，钥匙在“萨博威”·史密斯的口袋里。他不耐烦地惊呼一声，转过身去，按了电钮。

“它不会响的，蒙提，”“萨博威”解释说，“电线被切断了。现在先冷静一两分钟，我们好好谈谈。”

布鲁斯特大发雷霆了五分钟。“代表团”平静地坐在那里，自信地微笑着，令人气恼。他终于平静下来，理性地要求他们解释。他们解释说，游艇将驶往波士顿，他在整个航行中都会被囚禁，除非他屈从于大多数人的意志。

布鲁斯特生气地听着他们的宣告。他明白他们通过聪明的谋略占了上风，他只能智取他们。他不可能屈服于他们。他们之间的论战现在变成了尊严之争。

“可你会讲道理，不是吗？”德米勒焦急地问。

“我打算战斗到底，”布鲁斯特说，两眼发光，“我现在是你们的囚徒，可去波士顿，路还长着呢！”

“飞来飞去”向西驶入了太平洋。它临时的主人被锁在他的舱室里三天两夜。囚禁令人气恼，但他更喜欢那种对钱之外的某种东西产生兴趣的感觉。他常常对他自己嘲笑那种境遇的荒唐。他的敌人是朋友，那种真正的、忠实的朋友。看守他的人虽然不讲情面，但很体贴。他们原本打算每天只派一个人看守他，但这个命令第一天就被违反了。有时候，他的看守多达十人。他们给他端茶倒水，还请求他听从道理。

“恕难从命，”他生气地说，“这就像压迫一个人，然后要求他安静。你们就走着瞧吧！”

“他要报复！”丹夫人悲悲戚戚地喊道。

“只有表现好点儿，你的‘刑期’才有可能缩短，”佩吉建议，她的保留开始软化，“请你表现好点儿，屈服吧！”

“在整个航行期间，要论快乐，我这个时候最快乐，”蒙提说，“在甲板上，没人理我，可在这里，我是众星捧月。再说了，只要我想出去，我就能够出去。”

“我赌 100 块钱，你办不到，”德米勒说。蒙提的插话太急切，于是德米勒补充说，“你做不到想出去就出去。”

蒙提同意打赌，并让其他人也参赌，但无人响应。

“就这么定了，”他狞笑着对自己说，“我待在这里，可以挣 1000 美元。我可逃不起。”

在蒙提被囚禁的第三天，“飞来飞去”开始颠簸得很厉害。他刚开始有些幸灾乐祸，因为他的看守感到不舒服，显然不愿意待在下面。看守他的人是“萨博威”·史密斯和布拉格登，他们都谈不上是好水手。当蒙提点着他的烟斗时，他们惊慌失措，“萨博威”冲到了甲板上。

“你勇气可嘉，乔，”蒙提一边说，一边对着布拉格登喷云吐雾，“我知道你会坚守岗位。即使这条船沉了，你也不会离开。”

布拉格登已经到了不敢说话的程度。用他自己的话说，他忙着尝试“按照船的运动呼吸”。

“天呀，”蒙提无情地说，“这股烟正在变浓呀。花露水可能管用，我要是洒一点儿的话，就好了。”

布拉格登闻不得一点儿香甜的香水味，他飞一般地跑上了舱梯。舱室的门大开着，“囚犯”现在想去哪儿就可以去哪儿了。蒙提刚开始想跟着上去，但当他走到门口时，他停住了。

“和德米勒打的赌真可恶呀，”他自言自语地说。然后，他冲着逃走的布拉格登大声喊道，“钥匙，乔，我要看看，你敢不敢回来拿它！”

但是，布拉格登已经听不见了。蒙提从里面锁上门，并通过通风口把钥匙扔了出去。

在甲板室的背风处，一小部分人正在勇敢地面对飞溅的浪花。但是，其他人早就下去了。游艇在它所遭遇的最凶险的大海上颠簸得厉害。佩里船长虽然表面上若无其事，内心深处却充满焦虑。德米勒和洛特罗斯医生谈起了人们愚蠢的掩盖焦虑的方式，但女人们无人回应，她们没心思聊天了。

只有一个人对个人不适和危险浑然不觉，那就是佩吉·格雷，因为她正在想着下面的“囚徒”。她想到她自己此前不久经历过的恐怖事件，不由自主地想到他蜷缩在小小的舱室里，就像一个在劫难逃的罪犯那样等着被处决，孤独，被人不管不顾，被人遗忘，没人可怜。她最初请求男人们放了他，但他们怀抱着布鲁斯特恢复理智的渺茫希望，坚持等待。她还发现其他女人也指望不上，因为她们更在意布鲁斯特头脑的冷静和安全。她怨恨导致这一局面的所有人，心里暗自萌生了反抗的念头。这种念头越来越强，让她终于下定决心，无论如何都要释放蒙提。

她艰难地走向那个舱室的门，不时停下来紧紧靠着支撑的东西，然后又猛地离开它们。她恐慌地抓住舱室的门和墙梁，倾听了几分钟。看守不在，大海的喧嚣盖过了里面所有的动静。她一遍又一遍地喊着，可里面无人回应，让她紧张万分。

“蒙提，蒙提。”她一边喊，一边使劲儿地拍打着门。

“谁呀？出什么事了？”从门里传来模糊不清的声音。佩吉长舒了一口气，默念了几句感激的祈祷语。就在此时，她看见了蒙提丢掉的钥匙。她迅速打开门，预料会发现他吓得瑟瑟发抖。但是，眼前的景象却大为不同，“囚徒”坐在沙发床上，垫了很多枕头，借着电灯，读着《佩吉的闯入》。

第二十八章
灾　难

“啊！”佩吉只叫了这么一声。她的眼睛里流露出失望的神情。

“进来吧，佩吉，我会大声朗读的。”蒙提站到佩吉面前，高兴地欢迎她。

“不，我必须离开，”佩古稀里糊涂地说，“我觉得你可能会害怕风暴……还有……”

“你是来释放我的吧？”蒙提从来没有这么快乐过。

“是啊，我不在乎别人说什么。我觉得你在受苦……”可就在此时，游艇猛地一晃，把她甩过了门槛，甩到了蒙提的怀里。他们撞上了墙。他搂了她一会儿，忘记了风暴。等到她从蒙提的怀抱里抽出身来，她给他指了指开着的门，表示他自由了。她说不出话来。

“其他人在哪儿？”他一边问，一边紧靠着门口。

“嗨，蒙提，”她喊道，“我们千万不能去找他们。他们会把我当成叛徒。”

“你为什么成了叛徒，佩吉？”他一边问，一边突然朝她转过身来。

“哦……哦，因为在风暴期间一直锁着你似乎太残忍了。”她说。她的脸红了。

“就没有别的原因？”他追问道。

“不要问，请不要问了！”她楚楚可怜地喊道，而他则误解了她的情感。看样子佩吉只是为他感到难过而已。

“别担心，佩吉，我挺好的。你站在我一边，我也会站在你一边。来吧，我们将面对那帮暴徒。我要和他们斗一斗。”

他们一起来到了哗变者面前。他们挤在主舱里。

“不好，有阴谋，”丹·德米勒喊道，不过他的声音里没有愤怒，“你怎么逃脱了？我正想着打开你的门呢，蒙提，但钥匙似乎找不到了。”

佩吉得意扬扬地展示了一下它。

“天呀，”丹喊道，“这是可恶的背叛。谁是看守？”

一个船员听到了布拉格登慌乱的喊叫，冲进了主舱，滔滔不绝地回答了这个问题。

“很简单，”蒙提说，“看守丢下钥匙，擅自离岗了。”

“那就该我给你 1000 美元了。”

“用不着，”蒙提吃了一惊，连忙抗议道，“我不是自己溜出来的。我有帮手。钱是你的。现在我自由了，”他平静地补充说：“我要说，这条船不能开往波士顿。”

“果然不出我所料。”范德普尔喊道。

“它要直接开回纽约！”蒙提宣布。他的话几乎还没说出来，游艇就狠狠地颠簸了一下，让他踉踉跄跄地穿过了主舱。他最后说：

“要么就沉底儿。”

“那还不错，”佩里船长说。由于船只的晃动，他进来时多少有些急促。“我必须要让你们待在下面，直到这次风暴过去。”他笑了，但他明白，他们没那么好骗。“大海真能折腾，甲板正在被沙石磨着，我可不想因为什么岔子让你们被冲下船去。”

舱口被封住了。他们那帮人这下惨了。他们在主舱里熬过了那个傍晚。蒙提焦躁不安地说着与狂暴的大西洋相比北岬角的好处，原本就没打算提升人们失落的情绪。他和他筋疲力尽的客人早早就休息了。

那天晚上，在“飞来飞去”上，几乎没有人睡觉。就算忘掉危险容易，可船“嘎吱”作响，大海无休无止地咆哮，足以让人睡不着。船每颠簸一次，它就好像更加难以坚持下去。它是那么小，而它遭到的攻击却这么猛烈。它升到波涛之上，恐惧地在浪尖上停留片刻，然后就颤抖着沉到波谷里，让人们呼吸急促，心动骤停。那条脆弱的小船整个晚上都在孤军奋战，勇敢地无视它自身的弱点和它的敌人的无限的力量。船长被捆绑在驾驶台上，在惊恐中度过了数个小时。在此期间，每当波涛袭来，他就提心吊胆；当它逐渐减弱时，他又想知道它给船造成了什么损害。随着黎明时分风更加猛烈，他产生了一种不祥的感觉，觉得那艘勇敢的小船已经被击败了。它仿佛已经失掉了一些勇气，有些犹豫不决，几乎要放弃抵抗。当惨淡的黎明跃出海面时，他忧心如焚地观察着。

到了 7 点，撞击发生了，所有乘客都被甩出了铺位。他们打着哆嗦，心里害怕极了。断裂的轴呼呼地旋转着，似乎要毁灭船只。每个舱室里的人都真切地感受到了大难临头。人们嚷嚷着，接着是嘈杂的脚步声。这只意味着一件事。机器几乎立即就停了下来。海水在低吼，风在咆哮，而船则静默不语，给人一种不祥之感。

人们迅速聚到另外的主舱里。他们有些害怕，但并未失去勇气。没有人哭泣，几乎没有人流眼泪。他们预料到了一切，做好了最坏的打算，但不会示弱。打破了紧张气氛的是丹夫人。“我相信我的珍珠，”她说，“我觉得它们巴不得待在海底。”

布鲁斯特也和其他人一样笑了。“我喜欢你们的勇敢，诸位，”他喊道，“你们都挺令人满意的。截至目前，情况还不坏，风停了。”

他们聊了很久后，德米勒表示，这天晚上唯一让他闹心的事是，他和蒙提都是成员的俱乐部会不会在入口大厅放两个镶黑边框的卡片，每张卡片上都写着一个名字，或者只放一张卡片，上面写两个名字。瓦伦丁先生后悔他这些年一直在忙着交保险，可现在他仅有的亲人都在船上，他们会和他一起死去。

船长不眠不休了二十四个小时，看上去非常憔悴。“我们陷入了困境，布鲁斯特先生，”当他们单独在一起时，他说，“确确实实。一个轴断了，再加上这天气，真是祸不单行。”

“不能开到一个港口修一下吗？”

“我看没戏，先生。距离好像还太远了。”

“我猜，我们偏离了我们的航线？”蒙提的冷静赢得了佩里上校的钦佩。

“太阳出来以前，我没办法判断我们偏离了多少，这场风真是见了鬼了。我觉得我们已经偏离得很远了。”

“来喝点儿咖啡吧，船长。在风暴持续的时候，我们唯一能做的就是宽慰女士们的心，相信运气。”

“你是和我共过事的最勇敢的伙伴，布鲁斯特先生。”船长的手紧握着蒙提的手，把想说的话都用这个动作表达了。蒙提喜欢这样的致敬。

蒙提把白天用在了陪伴自己的客人上。他一看见谁心事重重，就讲个笑话或故事。但是，他做得相当巧妙，让整个群体充满希望。没有人怀疑他本人不快乐。佩吉·格雷受到了他的特殊照顾。他下定决心，万一遇到不测，他要告诉她，他爱她。

“这应该没有坏处，”他想，“我想让她知道。”

到了晚上，最糟糕的阶段结束了。大海逐渐平静。舱口被打开了一会儿，为的是让空气进来。不过，风浪依然太大，不适合冒险出去。第二天早上，阳光明媚，晴空无云。当人们聚在甲板上时，风暴制造的灾难清晰可见。两艘小船被冲走了，游艇尾部出现了一个大洞，开不动了。

“你难道想说，我们就这么漂着，直到可以修理？”丹夫人惊恐地问道。

“我们已经偏离航线三百英里，”蒙提解释说，“扬帆行驶会慢得多。”

他们决定驶向加纳利群岛，在那里修理船只，重新开始航行。风肆虐了几天，现在完全消失了。在一个星期的时间里，“飞来飞去”一直在打转儿，无法前进。8 月 1 日到了，蒙提自己开始变得焦急。距离那个致命的日子已不足两个月，局面开始变得严重。就算支付过航行费用，他手里的钱仍将有 10 万多美元，而他却无助地在大海中间漂着。即使必要的修理能迅速完成，“飞来飞去”也要花十四天，才能从加纳利赶回纽约。数字铁面无情，他找不出任何摆脱那种不幸处境的办法。又过了两天，还是没有一丝风。他确信，等到了 9 月 23 日，他仍会漂着，仍坐拥 10 万美元巨资。

到了第十天结束时，游艇只前进了两百英里。蒙提开始计划怎样用 10 万美元度过他的余生了。他已经彻底放弃了继承塞奇威克的遗产的希望，试图屈从于他的命运，可就在此时，一艘货轮突然出现了。布鲁斯特命令瞭望员打出遇险旗语，然后他报告了船长，讲了他采取的行动。船长连蹦带跳冲上甲板，从瞭望员手里抢过了旗帜。

“是我下的命令。”蒙提说。他对船长的态度感到不满。

“你想让他们了解我们的情况，要求支援，对吗？”

“你想说什么？”

“如果他们在回应旗语中了解了我们的情况，他们就会索要整条船的价值，作为救援费用。你想在这条船上再花 20 万美元吗？”

“我不明白，”蒙提难为情地说，“可看在上帝的份儿上，还是多少采取点儿措施吧！他们难道不能拖着我们？我会掏钱的。”

沟通很缓慢，但在经过看上去无休无止地发送信号后，船长终于宣布，那艘货轮要驶向南安普顿，它愿意把“飞来飞去”拖到那里修理，不过要收费。

“回南安普顿！”蒙提叹息着说，“那意味着我们还要花几个月才能赶回纽约。”

“他说他可以在十天里把我们带到南安普顿。”船长插了一句。

“我做得到，我做得到！”他喊道。这让他的客人感到错愕，他们担心他的精神出了问题。“如果他能在 27 日把我们带到南安普顿，我就付给他 10 万美元。”

第二十九章
浪子归来

在经过了对蒙提而言似乎是一个世纪的时间后，“飞来飞去”被货轮“格伦科”拖到了南安普顿。货轮的船长是一个节俭的苏格兰人，他的船载货不多，因而他不反对拖船。但是，因为他们实施了救援，他要求的价格就变得很高，蒙提徒劳地和他讨价还价了一番，最后同意了。他开价 5 万美元。蒙提比以往更加相信万事皆由一位睿智的神主宰，神没有抛弃他。他的客人听到这个价格后都感到沮丧，但他们也和蒙提一样，为再次能抵达陆地的前景感到高兴。

“格伦科”途中停了几次，终于在 8 月 28 日抵达了南安普顿。当英国海岸遥遥在望时，每个人都太急于上岸，一天都不想在海上多待。丹·德米勒邀请全体人员到苏格兰打猎一个星期，但蒙提以最为决绝的方式否决了他的计划。

“我们乘坐最快的船返回纽约。”蒙提说。他连忙去了解船次，为他那一群人订购船票。第一艘船将于 30 日起航，而他只能给他的十二名客人搞定船票。剩下的客人只好再等一个星期了。人们欣然同意了。布拉格登被留下来监督“飞来飞去”的修理，安排它的返航。蒙提给布拉格登留了 1.5 万美元，并要他做出庄严承诺，把这笔钱全部花光。

“可它连一半都用不了。”布拉格登抗议道。

“你必须让这些人过好这一个星期，还有……嗨……你已经向我承诺，我将永远见不到这笔钱了。总有一天你会知道我为什么这么做。”当他的朋友同意尊重他的意愿时，蒙提舒了一口气。

他解雇了“飞来飞去”的船员，付给他们五个月的工资，以及在营救佩吉那天晚上他答应给的奖金。这是一个令人动情的时刻，佩里船长和他的助手永远不会忘记蒙提的告别，他们也没能隐藏住挂在他们饱经风霜的脸上的遗憾。

他还制订计划，打算在短期内处理掉他的家用物品和现金余额，一回到纽约就开始动手。换作别人，恐怕会看不到希望，放弃努力，但他没有。他仍在赌运气，他以坚定的决心，为最后一搏做着准备。

“琼斯关于‘天气许可’的条件中应该包含一个条款，”他对自己说，“不应该指望一个遇到海难的水手花掉 100 万美元。”

丹·德米勒夫人巧妙地把那群人分成了两个船次。瓦伦丁一家监护“第二桌”（“萨博威”·史密斯对搭乘第二艘船的人的称呼），她本人则监护“第一桌”。佩吉和蒙提被分到了德米勒那一组。在英国的三天里，蒙提的挥霍前所未见。他给当地一家旅馆付了一个星期的租金，但他们只是在那里吃了一顿午餐；伦敦的塞西尔旅馆得到了数千美元，而他们只是在那里做了短暂停留。两天后，当那一小群人登上蒙提的专列前往南安普顿时，他们虽然都欣然接受了接踵而至的“剩余关照”，但他们每个人都忧心忡忡。布鲁斯特尤其高兴，因为他的竞赛就要到头了。

他们搭乘的轮船迅速、平稳地驶向了纽约，一路上好天气不断，人们的心情也不错。轻柔、惬意的夜晚宛如仙境。蒙提十分珍视有风暴的那个晚上佩吉的行动在他心里所激发的希望。它就像是一束微弱的光，照亮了他阴云密布的心灵。虽然有几分疑惑，但他仍虔诚地呵护着那束光。他经常去看她，搜寻盲目的爱对他隐藏的那种鼓励。他不断折磨自己，满怀恐惧，然后又满怀希望，接着又满怀恐惧。她的快乐和愉悦让他感到困惑。他常常感到气恼，常常大惑不解。

距离纽约还有四天的行程，然后是三天，然后是两天，然后布鲁斯特开始感到，最后一股挥霍的旋风就要开始了。那股旋风笼罩着他，让他感到郁闷、感到不祥、感到冷酷。在他下面的舱室里，他做了新的估计和计算，并试图平衡旧的估计和计算，以便让它们显得对他的意图最为有利。他仔细审查了数据，估计那次航行大约会消耗掉 21 万美元，其中包括修理费，以及游艇返回纽约的费用。按照他的计算，航行需用时一百三十三天，平均每天的花费为 1580 美元。根据合约，他将为游艇付费，饭菜和个人服务除外。他发现，花掉剩下的钱很容易，只要每天花 1080 美元就行了。当然了，花光 5000 美元尚需时日，有时候他每天花的钱要远远低于 1000 美元，但按照那个平均数花是有保障的。把一切都考虑在内，布鲁斯特发现，他的财富已经降到了微不足道的数千美元，外加他卖掉家具将获得的收益。总体上他还算满意。

他们在纽约登陆了。接下来的告别并不完全令人愉快。所有的不快都被忘掉了，旅人们只知道，自挪亚方舟的航行以来最奇妙的航行已经终结。如果第二天又要开始这样的航行，那么他们都会感到高兴。

登陆之后，布鲁斯特和加德纳立即开始着手清算。在履行完航行引发的合约义务后，他们觉得他们需要静下心来，好好思考一番。那是一个艰难的时刻，因为责难即将劈头盖脸而来。但是，在他们两个人中，加德纳似乎是更惆怅的那个。

在他们房间的地板上，散落着一堆堆报纸。每一份报纸上都刊登着关于败家子的旅行故事，还配有图片。报道以耸人听闻的笔触描述了旅行中发生的事件，并做了预言。蒙提感到痛心、屈辱，感到气愤，但他很诚实，承认它们关于他的很多说法是有道理的。他这里读一点儿，那里读一点儿，最后绝望地把报纸丢到了一边。在接下来的几个星期里，它们肯定还会讲述另外一个故事。

“蒙提，最糟糕的是，你接下来会成为穷人，”加德纳叹息着说，“我在家里已经尽我所能为你省钱，你通过数字就能看到，但没有什么东西能平衡这次航行的挥霍。它们太吓人了。”

朋友的谴责让他烦恼，熟人的嘲讽打击他的自豪，漫画新闻无情地折磨他。布鲁斯特正在迅速成为纽约最不幸的人。以前的朋友直接和他断交，俱乐部伙伴公开不理睬他或看不起他，女人们的无言责备让他寒意阵阵，整个世界都阴云密布。顽固的绝望让他打起精神，但施加到他身上的压力持续不断，让他的斗争失去了平衡。他没有料到归来是这么个情况。

与他以前的自我相比较，蒙提现在几乎成了行尸走肉，疲惫、消瘦、目中无人。那个曾经风流倜傥的纽约青年不见了，成了可怜与轻蔑的对象。他感到耻辱、绝望，几乎不敢见格雷夫人。他以前从她那里得到过安慰。虽然他现在的痛苦尤其真实，但他现在不允许自己那么做。他肆无忌惮大办晚宴、大办晚会，极尽奢华之能事。他的客人一边享受着他的款待，一边公开嘲笑他。真正的朋友规劝他、恳求他，尽其所能地阻止他，使他不至于加速坠入可怕的贫困，但没有成功。他是阻止不了的。

他终于开始卖家具了，然后是餐具，接着是非常贵重的小摆设。东西一件接一件消失，直到整个公寓空空如也。他把卖东西获得的40350 美元几乎都挥霍了。他给仆人发了工钱，把他们打发走，然后放弃了公寓。他逐渐明白了“一贫如洗”究竟是什么意思。他在银行查明，他存钱得到的利息为 19140.86 美元。离 9 月 23 日还有一个星期，那 100 万就要全没了，其中包括他在“木材和燃料”和其他不太走运的事业中赚的钱。他在银行里还有约 1.7 万美元的利息，那是他不顾将来获得的利息。

蒙提高兴地发现，仆人偷走了他至少 3500 美元的财物，其中包括他出于情谊不能卖的圣诞礼物。他受到的唯一鼓励来自格兰特 - 瑞普利律师事务所。他们给头脑昏沉的他打气，敦促他坚持到底，承诺苦尽甘来。斯威伦根就像他生活于其中的群山那样静默不语。他没有发来电报，也没有保证认可蒙提为清除老布鲁斯特的遗产所做的一切。

丹 · 德米勒和他的妻子恳求蒙提在他的财产耗尽之前和他们去山里。如果他放弃他正在追求的路线，他们会给他提供钱、工作、休息和安全。在第四十大街，佩吉 · 格雷伤心欲绝，并且蒙提也知道这一点。在这令人难熬的最后一个星期里，在他曾经视为朋友的人中，有两个人在街上碰到他，假装不认识他。他甚至懒得知道芭芭拉小姐将在冬天结束之前成为公爵夫人。然而，当他听说芝加哥的汉普顿早就出局了，他感到了些许满足。

有一天，他恳求忠诚的布拉格登去偷那些波士顿猎狗。他不能、也不会卖掉它们，他也不敢把它们送人。布拉格登垂头丧气地偷走了那些狗。布鲁斯特宣称，将来有一天他会悬赏找回它们，并且“不问任何问题”。

他在一家小旅馆里租了一个套间，发疯般地计划甩掉最后那令人痛苦的几千美元。布拉格登和他住在一起。“富人家的小儿子们”忠诚地和他站在一起，打算等他一喊出缺钱就帮助他。但是，他最后甚至必须放弃这些人。第四十大街的房间仍然为他敞开着，尽管他不愿意把它当作避难所，但他以殉道者的精神面对着这一严峻的前景。

第三十章
节俭的承诺

"蒙提，你在伤我的心。"这是格雷夫人第一次恳求他。那是在 23 日前两天，在"旧货商店"把他的大批衣物装在货运马车里拉走之后。她和佩吉很少见到布鲁斯特，他神经质般的焦躁不安让她们感到恐慌。他的返回成了城里茶余饭后的谈资。男人唯恐避之不及，但他仍不断地在他不喜欢的目标上浪费钱财。当他给新生男孩之家捐了 5000 美元现金时，就连他的朋友也不由得认为，他疯了。这是他捐出的唯一善款。通过回忆塞奇威克"做慈善要节制"的指令，他为自己这时候的捐款动机开脱。他什么都顾不上了，一心只想甩掉那令人烦恼的几千美元。他觉得自己是一个被放逐者，一个贱民，一个惹人厌的家伙，会败坏每个和他有接触的人。他寝食难安，他请人吃丰盛的晚餐，可他连碰都不碰。他的朋友讨论是否把他关在疗养院，以保存他的理智。人们认为，他的情况在人类历史上是特殊现象，没有哪个作家能找出一个相似的例子，或设想一种比较。

格雷夫人是在她家的门口碰见他的，他当时正在紧张地把他卖衣物的钱往他的口袋里装，她的脸白得就像一张纸。他试图对格雷夫人的责备做出回应，但他就是说不出话来。他逃进了他的房间，并随手锁了门。他在那里记录关于埃德温·布鲁斯特的百万财富的消失账目，撰写他将向詹姆斯 · T. 塞奇威克的遗嘱执行人斯威伦根·琼斯递交的最终报告。地板上放着众多包裹，包裹经过了认真的捆扎。桌子上放着一张长长的白纸，他在白纸上写着报告。包裹里放着他在不到一年的时间里花掉的钱的收据，有数万张之多。它们放在那里，被妥善保管，以备斯威伦根·琼斯检查，就好像这个老西部人会详细地把数不清的文件过一遍似的。

他做了截止于那个小时的账目。那张长长的白纸上记录着他的残酷，宛如一篇百万财富的祭文。他的口袋里只剩下 79.08 美元。这是他在不到四十八个小时内可以用的钱，最后它们也会消失。他计划在 22 日下午拜访格兰特和瑞普利，向他们宣读报告，期盼第二天和琼斯会面。

就在中午之前，在他碰见格雷夫人之后，他走下楼梯，多天以来第一次鼓起勇气去找佩吉。当她在书房见到他时，他眼里笑意依旧，话语诚恳如故。她没有读书。书、愉悦、生活中的所有乐事都从她的头脑中溜走了，她满脑子想的都是她一直深爱着的这个小伙子即将面临的灾难。他看着她的眼睛，心如刀绞。她眼窝深陷，眼神忧郁、惊恐，满眼都是对他的爱和担忧。

“佩吉，你认为我再也不配得到你母亲的关怀了吗？你觉得她还会让我在这里待下去吗？”他一边从容地说着，一边拉起她的手。她的手冰凉，他的则热似火。“你知道，你在以前说过，如果我配，她会让我生活在这儿。我是个穷人，佩吉，我担心我将来也是。我也许又要去干单调乏味的苦差事了。她会把我赶走吗？你知道我必须有个住的地方。我难道要住在济贫院吗？你说过，我终有一天会混到济贫院里，你还记得吗？”

她直视着他的眼睛，害怕在它们里面可能会看到的东西。但是，它们里面没有精神错乱的迹象，也没有激动不安的迹象，只有一个对自己、对世界感到满意的男人的恬静的笑意。他的声音里饱含感情，但仍是一个完全能够控制自己的头脑的人的声音。

“都……没了，蒙提？”她说。她的声音几乎就像耳语。

“这里还剩那么一点儿，”他一边说，一边用坚定的手指打开他的钱包，“我又回到了一年前的那个样子。那 100 万没了，我的翅膀折断了。”他脸色煞白，她的心凉透了。当她为他痛苦万分时，他怎么能如此平静？她张了两次嘴，但就是说不出话来。她慢慢转过身，走向窗口，背对着蒙提。蒙提的笑是那么苦涩，又那么没心没肺。

“我不需要那 100 万，佩吉，”他接着说，“我知道，你和别人一样，也觉得就我的所作所为来看，我是个傻瓜。表象对我不利，证据充分。一年前我被看作一个人物，而今天他们正在剥夺我的所有荣誉。全世界都说我是个傻瓜，是个笨蛋，甚至是一个罪犯，可没人认为我是一个人。佩吉，如果我对你说，我要浪子回头，重新开始生活，你对我的感觉会好一些吗？过不了几天，一个崭新的蒙提 · 布鲁斯特就会再次出发。或者，如果你愿意，那么他将是一个旧的蒙提，你曾经了解的那个蒙提。”

“旧的蒙提？”她轻声细语、充满憧憬地说，“见到他挺好的，比见到去年那个蒙提好多了。”

“还有，虽然我干了这么多事情，佩吉，你还会支持我吗？你会不会像别人那样抛弃我？你还会是昔日的那个佩吉吗？”他喊道。他再也不能故作镇静了。

“你怎么能这么问？你为什么要怀疑我？”

他们默默地站了一会儿，他们看向彼此的内心，看到了新生活的开始。

“宝贝，”他的声音抖得厉害。“我想知道你有多在乎我，你是否愿意……”他说不下去了，他觉得根本不可能。

“和你重新开始？”她低声说。

“是呀……把你自己托付给那个回头的浪子。如果没有你，宝贝，剩下的一切都没有意义。佩吉，我想要你……你！你真的爱我。我能从你的眼神里看出来，我从你身上能够感受到它。”

“你意识到这一点多久了？”她一边若有所思地说着，一边把她的胳膊伸给他。他紧紧地握着她的手，握了很久。他发现，世界再次变得一派祥和了。

“你真的在乎我多久了？”他低声问道。

“一直都是，蒙提，一辈子。”

“我也是，宝贝，一辈子。我现在知道了。我已经知道好几个月了。唉，我辜负了你的爱，浪费了我的爱，多么傻呀！可我在爱情上不会是个浪子，佩吉。我一丝一毫都不会挥霍它，亲爱的，只要我活着。”

“我们将营造一个更大的爱，蒙提，因为我们将一起构筑新生活。只要我们把爱当作珍宝，我们就永远不可能贫穷。”

“你不介意和我一起过苦日子吗？”他问道。

“我和你在一起穷不了。”她简单地说。

“我差点失去了这一切，”他急切地喊道，“听着，佩吉，我们将一起开始，你将成为我的妻子，我的财富。你将是过去给我留下的一切。明天过后，你愿意嫁给我吗？不要说不，我的心肝宝贝。我想在那一天开始。早上 7 点，怎么样，亲爱的？你就不想看看，那个开始将有多么美好？”

他的恳求是那样热烈、真诚，尽管它出自她当时还不明白的一时心血来潮，但他成功了。她直到后来才获悉，他打算在 9 月 23 日早上举行婚礼，在塞奇威克那几百万遗产移交前两个小时。如果一切顺利，那么它们将在 12 点之前成为布鲁斯特的财产，佩吉的贫穷生活将最多持续三个小时。她认为值得和他过一辈子穷日子。因此，他们在开始新生活时只有一种资产，也就是爱。

佩吉反对他花掉剩下的 70 美元，但他非常坚决。他们将用这 70 美元一起用餐，一起坐车去看看旧生活剩下的一切。然后，在第二天，他们将从头再来。有那么一会儿，他突然感到沮丧，害怕如果佩吉在 9 点钟前成为他的妻子，那么她有可能被认为是一种“资产”。但是，他马上意识到，遗嘱只要求他身无分文，不能拥有通过埃德温·彼得·布鲁斯特的钱获得的东西。他的这个妻子是在他最后一美元消失之后才获得的，因此不可能是那个老人遗产的产物。但是，他在处理业务上太小心了，结果决定借布拉格登的钱购买结婚证书，支付牧师费用。在清算那天他不仅将身无分文，还将负债。在他眼里，世界的色彩已经大大改变了，就算他最后不能获得塞奇威克那几百万遗产，也不能毁灭因赢得佩吉·格雷的芳心结伴而来的新生活和新欢乐。

第三十一章 百万财富的消失

9 月 22 日中午过后不久，蒙提折叠起他写给斯威伦根 · 琼斯的报告，把它塞进口袋，动身往南边去。几分钟前，一个运包裹的马车已经载着一个神秘的包裹出发了。格雷夫人没能掩饰她的好奇心，但布鲁斯特的回答几乎无法帮她解开谜团。他不能告诉她，那个大包裹里装着收据，等到要和琼斯先生清算时，它们可以证明他的诚实。蒙提每买一样东西，都用了他自己的收据。他定制了一些小存根收据簿，不仅他自己到哪里都带着，他雇用的每个人也是如此。无论是多小的一笔交易，只要是收了布鲁斯特的钱的人，都要在收据上签字。报童和擦鞋童是例外，而给服务员、搬运工、出租车司机等人的小费都被记录了下来，然后被放在他们那一类里。他依然拥有的几十美元的收据将在 23 日上午被转交，总报告直到那天上午 9 点才能完成。

他与佩吉吻别，告诉她准备在 4 点钟坐车，然后动身去找乔 · 布拉格登和埃隆 · 加德纳。他们按照约定见了他，他向他们吐露他要在第二天结婚的打算。

“你承受不起，蒙提，”乔直言不讳地说，“佩吉是一个很不错的女孩子。天呀，这对她不公平。”

“我们已经达成一致，要在明天开始新生活。你们等着瞧吧！我想你们会大吃一惊。我顺便想到今天要获得结婚证，订一个牧师的服务。婚礼将悄悄举行，你们懂的。乔，如果你愿意，你可以当我的伴郎。加迪，我希望你作为一个证人签下你的名字。明天傍晚我们将在格雷夫人家里吃晚餐，‘出席的人’不多，我向你们保证。不过我们以后再谈这件事。现在我想请你们两个家伙借给我足够的钱，好让我购买结婚证、支付牧师费用。我明天下午就还你们。”

“好吧，真见鬼！”加德纳叫道。蒙提的勇气让他彻底惊呆了。但是，他们还是陪着他去买了结婚证，布拉格登掏的钱。加德纳承诺第二天上午让牧师出现在格雷家里。蒙提还非常严肃地恳求他们，让他们不要把他买了结婚证、订了牧师的事情告诉佩吉。然后，他匆匆去了格兰特 - 瑞普利律师事务所。收据包裹已经先期抵达了。

“琼斯到了吗？”在打过招呼之后，他立即紧张不安地问道。

“他没有在任何一家旅馆登记入住。”格兰特先生回答说。布鲁斯特没有注意到从他脸上掠过的不安的表情。

“他今天晚上会露面，我猜。”蒙提沾沾自喜地说。两位律师没有告诉他，在过去两个星期里，他们给斯威伦根 · 琼斯发的电报都因为在比尤特无人领取，而被退回了纽约。电报公司说，找不到琼斯先生；自 9 月 3 日以来，就没有人在比尤特看到过他。两位律师给那个蒙大拿男人发电报征求信息和建议，时刻盼望着他能回电。他们非常焦虑，但蒙提太急切、激动，没有注意到这一事实。

“一个高个子、有胡子的陌生人今天上午来这里打听你，布鲁斯特先生。”瑞普利说。他正埋头于办公桌上一些文件。

“啊，是琼斯，我敢肯定。我一直把他想象成一个胡须很长的人。”蒙提口气轻松地说。

“不是琼斯先生。我们很熟悉琼斯。这是个陌生人，拒绝透露他的姓名。他说他今天下午会去格雷夫人家中拜访。”

“他看着像个警察或收账的吗？”蒙提笑着问道。

“他看着蛮像流浪汉的。”

“算了，我们很快就会把他忘掉了，”蒙提一边说，一边从他口袋里掏出那份报告，“你们要不要审查一下这份报告，二位先生？我想知道，这样呈递给琼斯先生恰不恰当。”

格兰特颤抖着的手接过那张经过认真折叠的纸。两位律师迅速交换了一下绝望的眼神。

“当然了，你们将会明白，这份报告只是开支概要。不过，我给它们分了类，还编排了那里的收据，可以让琼斯先生非常轻松地核对报告中开列的数字。例如，在写着‘雪茄’的地方，我写上了我抽烟花的钱的总数。收据将起到明细账目的作用，你们懂的。”瑞普利先生从他的合伙人手里接过报告，打起精神，大声地读了起来。报告如下：

纽约，9月23日

致斯威伦根·琼斯先生

蒙大拿已故的詹姆斯·T. 塞奇威克的遗嘱执行人：

为履行前述遗嘱条款，并遵照作为执行人的你本人做出的指示，我将呈递我人生中于9月22日午夜截止的一年里的收据和支出报告。你可以参照这份报告包含的收据，核对这份综述里开列的数据是否准确。我的财产里的一分一毫都不是埃德温·彼得·布鲁斯特的钱，我连给其葬地立碑的资产都没有。希望你以最认真的态度，检查这些呈递给你的数字。

原始资本 $1,000,000.00

"木材和燃料"不幸事故 58,550.00

职业拳击赛误判 1,000.00

蒙特卡洛教育 40,000.00

赛马场错误 700.00

六只小猎狗的售卖 150.00

家具和个人财物的售卖 40,500.00

手里曾经拥有的资金的利息 19,140.00

需处理的总额 $1,160,040.00

支出

公寓租金 $23,000.00

公寓装修 88,372.00

三辆汽车 21,000.00

六辆汽车租金 25,000.00

输给德米勒的钱 1,000.00

薪水 25,650.00

付给车祸中伤者的赔偿金 12,240.00

银行破产导致的损失 113,468.25

在赛马上损失的钱 4,000.00

一堵玻璃幕墙 3,000.00

圣诞礼物 7,211.00

邮费 1,105.00

电报费 3,253.00

文具用品 2,400.00

两只波士顿猎狗 600.00

“劫匪”造成的损失 450.00

音乐之旅造成的损失 56,382.00

哈里森投机(为了我)造成的损失 60,000.00

一场舞会（分两部分） 60,000.00

额外关照 6,000.00

一次游艇航行 212,309.50

一场嘉年华 6,824.00

雪茄 1,720.00

饮料，主要是为他人买的 9,040.00

衣物 3,400.00

别墅租金 20,000.00

导游费 500.00

晚宴 117,900.00

晚餐和午餐 38,000.00

剧院晚会和晚餐 6,277.00

旅馆费用 61,218.59

铁路和汽船费 31,274.81

新生男孩之家捐款 5,000.00

两场歌剧表演 20,000.00

“飞来飞去”修理费 6,342.60

从某地被牵引到南安普顿 50,000.00

前往佛罗里达的专列 1,000.00

佛罗里达的别墅 5,500.00

医疗费 3,100.00

在佛罗里达的生活费 8,900.00

被仆人盗窃的个人资产 3,580.00

个人财产税 112.25

杂项 9,105.00

家庭费用 24,805.00

总支出 $1,160,040.00

余额 $0.000,000.00

蒙哥马利·布鲁斯特敬上

“先生们，你们看，涉及的范围很广，但每一美元都有收据，除了附带发生的微不足道的情况。他也许认为我挥霍掉了那笔钱财，但是，他或别的任何人都可以审查，我们没有乱花一分钱。实话给你们说吧，它曾经貌似一个亿。如果有人告诉你们，浪费掉100万美元是小事一桩，你们就给他说说我的情况。我上个秋天体重 180 磅，而昨天几乎不到 140 磅。去年秋天我脸上没有皱纹，没有一根白头发。而现在你们看到了操劳过度的结果，先生们。要让我的身体恢复原状，恐怕需要花上一年时间，但我想我能做到，因为从明天起，我就要休假了。顺便说一句，我明天上午就结婚了，就在我比我预料的还要穷的时候。我还有几美元要花，我必须把它们花完。明天我将说明我今天晚上的开销。它现在被记录在杂项里，但我会出示收据，不用担心。明天上午再来见你们。”

他离开了。他急于和佩吉在一起，不愿意和律师讨论他的报告。他离开后，格兰特和瑞普利摇了摇头，默默地坐了好一阵子。

“我想知道，”瑞普利若有所思、仿佛自言自语地说，“假如最糟糕的事情发生，他会怎么面对。”

第三十二章
前　夜

“现在就看琼斯了。”当布鲁斯特坐车去赴他和佩吉·格雷的约会时，他脑子里不停地想着，“那 100 万没了，全没了。我一贫如洗。就看琼斯了，我不知道他怎样才能做出对我不利的决定。他坚持要我成为穷人，他现在不能忍心抛弃我。但是，如果他心里产生不良企图，该怎么办呀！我不知道我是否违背了遗嘱，我不知道我是否能在法庭上击败他。”

佩吉一直在等他。她的脸颊红得就像发烧了。她感染了他在那个节骨眼儿上所特有的强烈兴奋。

“来呀，佩吉，”他急切地叫道，“这是我们最后的假日，让我们开心地度过吧！等到了明天，等到我们一切从头再来，我们可以忘掉它，但它也许会值得记忆。”他帮着她坐上车，然后一跃跃到她的身边。

“我们出发了！”他喊道。他的声音有些颤抖。

“这真是疯了，亲爱的。”她说，但她的眼神里流露着不计后果的喜悦。困境不见了。他们心里充满了欢乐。格雷夫人眼含热泪，从房屋窗户旁离开。在她看来，他们正在奔向漫漫黑夜。

“那个看上去非常奇怪的人今天下午来家里找你了，蒙提，”佩吉说，“他留着胡子，给我的感觉像个雷明顿牛仔。”

“他叫什么名字？”

“他对侍女说，名字无关紧要。他离开时我看见了他，他看上去很有男人味儿。他说，如果他今晚在城里找不到你，他明天再来。你从我的描述里认不出他是谁吗？”

“根本不认识。想象不出来他是谁。”

“蒙提，”在痛苦地思索片刻后，她说，“他……他不可能是个……”

“我知道你什么意思。一个来查抄我的财产或那类东西的军官。不是，心肝宝贝儿。我以我的人格担保，我在这个世上连 1 美元债都没欠。”就在此时，他想起了他欠布拉格登和加德纳的钱。“除了一两笔非常小的个人欠款，”他连忙补充说，“不用担心，亲爱的，我们这是出去找乐子，我们必须尽可能过得愉快。我们先穿过公园，然后我们在雪利旅馆吃晚餐。”

“可我们必须为那穿着打扮一番，亲爱的，”她喊道，“女伴呢？”

当她提到穿着打扮时，他的脸唰地红了。“我耻于承认，佩吉，可我除了我穿的衣服，没别的衣服。别看上去这么委屈，亲爱的，我明天就将订购一套新晚礼服，如果我有时间的话。还有女伴。人们在明天之前不会谈论我们结婚的事情。到了那时……”

“不是，去不去雪利旅馆无所谓。我们不能去那儿。”她毫不含糊地说。

“唉，佩吉！那会毁掉一切。”他非常失望地喊道。

“这对我不公平，蒙提。每个人都会知道我们，每个人都会嚼舌头。他们会说，‘有个蒙提·布鲁斯特和玛格丽特·格雷。他把他最后一点儿钱花到了她身上。’你难道愿意让他们这么想吗？”

他明白她的反对是有道理的。“找个偏僻的地方，随便吃一点儿，就挺好的。”她补充说。她的话很有说服力。

“你说得对，佩吉，你一向都对。你知道，我习惯了大把花钱，我不知道别的花钱方式。我相信，明天过后，我会让你管着钱袋子。让我想想，我知道城里有个不错的小饭馆。我们去那儿，然后再去剧院。丹·德米勒和他妻子会去我的包厢，然后我们一起去佩廷吉尔的工作室。我将给‘小儿子们’举办一场告别晚餐。如果我的计算不错，那将是我们短途旅行的终结。我们将愉快地回家。”

晚上 11 点的时候，佩廷吉尔的工作室对“小儿子们”和他们的客人打开了门，最后一次“AA 制聚餐”很快就开始了。布鲁斯特早在傍晚就付过了钱。当他坐在桌头时，他口袋里一分钱也没了。一年前，也是在这个时间，他和“小儿子们”吃了一顿生日宴。那天晚上，他获得了 100 万。他今天晚上比那个时候穷多了，但他预计会在新的一年开始时获得一份小小的礼物。

在桌子周围，除了九个“小儿子”，还坐着六位客人，其中包括德米勒夫妇、佩吉·格雷和玛丽·瓦伦丁。“诺珀”·哈里森是唯一缺席的“小儿子”。为新郎、新娘干杯的声音几乎还没消失，布鲁斯特就提议为“诺珀”的健康干杯。

这一次的打扰比一年前的那个夜晚来得早了一点儿。上一次艾利斯直到凌晨 3 点才给布鲁斯特带来消息，但一年后，还不到 12 点，送电报的男孩儿就按响了佩廷吉尔的门铃，递给他一封电报。

“贺电来了，老伙计。”当蒙提害怕地看着那个男孩儿递给他的小信封时，德米勒说。

“那天的非常快乐的感觉又回来了，”布拉格登暗示说，“天呀，你在你生日这天结婚挺明智的，蒙提。对你的朋友来说，这既节省时间，又节省费用。”

“宣读一下。”“萨博威”·史密斯说。

“多半是‘诺珀’·哈里森发来的。”佩廷吉尔喊道。

布鲁斯特手指哆嗦着打开了信封，他也不知道因为什么。他内心倍感凄凉。他强烈地预感到，坏消息最终还是来了。他慢慢抽出电报，痛苦地打开它。通过他的表情，没有一个人能够判断出，他感觉几乎像是在读他的死刑执行命令。电报是格兰特 - 瑞普利事务所发来的，并且显然已经在城里跟了他两三个小时。电报是在晚上 8 点半发出的。

他一眼就看完了电报。他眼里冒火，心里凉透。即使到了行将就木之时，电报里的话也会清晰地印在他的脑海里。

立即到事务所来。如果有必要，我们会等你一晚上。琼斯已经消失，踪迹全无。

格兰特和瑞普利

布鲁斯特瘫坐在椅子上，面无表情。其他人开始大声议论电报的内容，可他的舌头发僵，动不了了，他的耳朵似乎也已经聋了。他震惊得仿佛身体里的每一滴血都凝固不流了，造物主赋予他的每一种感官都集中在漫不经心的收报员手写的那十个字上："琼斯已经消失，踪迹全无。"

"琼斯已经消失！"这句话简单明了得可怕，极其残酷。他开始慢慢地意识到电报里的其他信息，意识到了"立即到事务所来"和"会等你一晚上"。他很平静，因为他连一丝表达情绪的力气都没有了。他完全不知道他接下来该如何控制他自己。他心头涌起一股强大的、友善的力量，非常及时地让他得到了解脱。他逐渐意识到，别人在等他朗读电报。当他张开嘴时，他不确定自己能不能发出声音。但是，他发出的声音平稳、自然，冷似钢铁。

"我很遗憾，我不能向你们解释这一切，"他说，他的声音非常严肃，让其他人安静了下来，"这是一项至关重要的事务，我必须请你们原谅，我要离开一两个小时。我明天会原原本本地给你们解释。请不要感到不安。如果你们给我面子，在我离开时请继续用餐，我将感激不尽。我必须得走，马上。我保证一个小时内回来。"他站在那里。他的膝盖像钢铁那样僵硬。

"事情严重吗？"德米勒问道。

"怎么了？出什么事了？"佩吉结结巴巴、恐慌地问道。

"这只和我一个人有关，纯属业务性质。说真的，我一刻也不能耽误。这非常重要。不用担心，不要为我操心。你们接着玩吧，诸位，等我回来时，你们会发现我是最快乐的家伙。现在是 12 点。我将在 9 月 23 日 1 点回到这里。"

“我和你一起去吧！”佩吉怯生生地恳求道。她跟着他到了门口。

“我必须一个人去，”他回答说，“别担心，小女人，没事儿。”

他的亲吻让佩吉的心凉透了。

第三十三章
琼斯的逃走

布鲁斯特匆匆穿过夜幕，前往格兰特-瑞普利事务所。对他来说，一切宛如梦境。他茫然、困惑，头脑甚至有些不清醒。他给一辆电车打了手势，但几乎就在他的手触到它的栏杆时，他离开了它的轨道。一缕苦涩的微笑偷偷爬上他的唇角。他想了起来，他的钱不够买车票。去律师事务所要走六七个街区，他一路跑了过去，直到他来到那座大厦的入口。

他乘坐电梯去了七楼。从来没有哪部电梯比这座电梯更慢。一缕光线从事务所门上的横窗里透了出来，他没有敲门就进去了。格兰特正在里面踱步。他停下脚步，面对着布鲁斯特。

“关上门，劳驾。”瑞普利镇定地说。格兰特坐到一把椅子上。布鲁斯特机械地用力关上了门。

“是真的吗？”他声音嘶哑地问道，他的手仍然放在门把上。

“坐下，布鲁斯特，控制一下你自己。”瑞普利说。

“天呀，伙计，你难道没看到我挺平静吗？”蒙提嚷道，“接着说，从头到尾给我讲讲。你们知道什么情况？你们听到了什么？”

“我们找不到他，就这样。”瑞普利非常专注地宣布，“我不知道这意味着什么，没办法解释，整件事都显得不可思议。坐下吧，我会尽可能快地把一切都告诉你。”

“没多少东西可说。”格兰特机械地说。

“我可以往好处想。”布鲁斯特宣称。他咬紧了牙关。

“人们最后一次在比尤特见到琼斯是这个月的 3 号，”瑞普利说，“3 号以后我们给他发了几封电报，问他打算何时动身来纽约。他根本没有领取电报，电报公司说找不到他。我们觉得他可能去照看他的某处房产了，不用担心。我们最后开始怀疑他为什么没在动身来东边时给我们发电报。这让我们觉得有些不对头。我们给他的秘书发了一封电报，结果却收到了警长的回电，他反过来询问我们是否能告诉他琼斯的下落。这自然引起了我们的警觉。昨天，我们一连发了几封电报。我们调查的结果很可怕，布鲁斯特先生。”

“你们为什么不告诉我？”布鲁斯特问道。

“琼斯无疑已经和他的秘书一起逃走了。比尤特的人们认为，秘书已经杀害了他。”

“天呀！”布鲁斯特发出了一声惊呼，便再也说不出话来。

瑞普利湿了湿嘴唇，接着说了下去。

“我们这里有警方、银行、信托公司和六个矿业经理发来的急件。你要是想读可以读读，但我可以告诉你他们说了什么。大约在这个月的 1 号，琼斯开始把各种证券换成钱。我们现在知道，它们曾经是詹姆斯 · T. 塞奇威克的财产，是以信托形式为你持有的。有关部门后来去查看了保险信托库。调查显示，他把股票、证券以及他可以拿到的一切值钱的东西都移走了。他自己的文件和财物原封不动，唯独你的消失了。正是这一事实让当局相信，秘书已经杀死了那个老人，并携款潜逃了。银行的人说，琼斯把塞奇威克的钱取光了。警方说，他把大量可变现的证券变现了。有些奇怪的是，他把你的矿山和不动产卖了，买主是一个名叫戈尔登的年轻人。布鲁斯特，这……这看上去很像他卷走了一切。”

在瑞普利说出这些可怕的情况时，布鲁斯特的眼睛一直盯着他的脸。布鲁斯特还站在他刚进来时所处的位置，连一英寸都没动。

“现在采取什么措施了吗？”他机械地问道。

“警方正在调查。现在获悉，他于9月3日和他的秘书进了山。就目前已知的情况看，自那天起，就没有人再见过他们俩。大地似乎已经把他们吞噬了。当局在搜山，正在尽一切努力找到他，或找到他的尸体。他是出了名的怪人，所以他的行为一开始没有引起人们的重视。我们目前只能告诉你这么多。明天或许会有所进展。这看上去很糟，太糟糕了。我们……我们曾经太相信琼斯了。我的上帝呀，我希望我能帮你，我的孩子。”

“我不怪你们，两位先生，”布鲁斯特勇敢地说，“这不过是我运气不好，就这样吧！我一直都觉得，结局可能有些不妙。不过，我盼的不是这种结果。我唯一担心的是，琼斯会认为我不配获得那笔财富。我从没想过，他也许会是那个……那个不配的人。”

“那我就给你讲一点儿我们的信心吧，布鲁斯特。”格兰特慢条斯理地说，“琼斯先生一开始就通知我们，他的决定在很大程度上取决于我们对你的行为的看法。这也就是在你开始花钱以后，我们毫不犹豫地建议你继续下去的原因。当你在海上时，我们收到了他的很多来信，他信中极尽嘲讽之能事，却没有只言片语的批评。他似乎对你的措施十分满意。实际上，他曾经说，他愿意花掉他自己的 100 万，来购买你花钱的能力，就算买到你的能力的四分之一也好。”

“那好，他可以免费获取我的经验。一个乞丐不能挑三拣四，你们懂的，”布鲁斯特伤心地说。他的脸色逐渐恢复了。“关于那个秘书，他们了解到了什么？”他突然热切、兴奋地问道。

“据我所知，他是个新人，给琼斯当秘书还不到一年时间。琼斯据说十分信任他。”瑞普利说。

“他同时消失了？”

“人们最后一次见到他们时，他们在一起。”

“然后他就要了琼斯的命！”蒙提激动地喊道，“在我看来，这是明摆着的事情。你们难道不明白吗？他对那个老人施加了某种影响力，以这样或那样的借口引诱老人把所有钱都聚到一起，而目的只有一个，就是把它全部抢走！还有比这更恶毒的事吗？”他开始像个困兽那样在地板上踱来踱去，神经质地紧扣他的手，然后又松开，“我们必须抓住秘书！我不相信琼斯是个骗子。他被一个聪明的恶棍骗了。”

“布鲁斯特先生，最奇怪的事情是，根本找不到戈尔登，也就是你的财富的购买者。他据说住在奥马哈，据悉他为如今在他名下的那笔财产支付了近 300 万美元。他给琼斯支付的还是现金，他付的现金一分都不少，和那笔财产的价值一样。”

“可他肯定存在于某个地方，”布鲁斯特喊道。他感到困惑。“如果这个坏蛋不存在，他又怎么能付钱呢？”

“我只知道，现在找不到那个人的踪迹。他们对他在奥马哈的情况一无所知。”格兰特无奈地说。

“于是这终于发生了。”布鲁斯特说，但他的激动劲头已经过去了。“唉，”他一边说，一边一屁股坐在一个高背椅子上，“事情总是这样，太奇怪的东西不可能是真的。即使它刚开始像个梦，而现在……唉，现在我刚刚醒来，就像追逐童话的小男孩儿。我太把它当真了，就像个傻瓜。”

“没有别的办法，”瑞普利反驳道，“你没什么错。”

“唉，毕竟，”布鲁斯特接着说，他的声音就像一个梦中人的声音，“也许身处仙境也挺好的，即使你后来必须重新回到凡间。我也许很傻，但直到现在，我也没有放弃。”就在此时，他突然想到了佩吉。他停了下来。过了一会儿，他打起精神，站了起来，“先生们，”他严厉地说，他的声音已经变了，“我已经找过了乐子。这事情到此为止。我从心底里厌倦了这档子事儿。我给你们说，你们明天将会发现一个不同的我。我要努力去做正事儿。我要去证明，我体内流淌着我爷爷的血液。我要出人头地。”

瑞普利显然被打动了。他说：“我一点儿也不怀疑这一点。你天资聪颖。我早就看到了这一点。如果你明天需要钱，尽管来找我们。”

格兰特赞同他的看法。“我喜欢你的那股劲头儿，布鲁斯特，”格兰特说，“能挺过来的人没多少。这对你来说太艰难了。对你的新娘来说，这是一个不幸的结婚礼物。”

“无论如何，我们上午也许会收到来自比尤特的重要消息，了解到更多详情。报纸肯定会刊载耸人听闻的故事，不过我们已经请求当局直接发来最新的情况。我们将会看到，当局彻查了此事。现在回去吧，我的孩子，去睡觉吧！说不定你明天醒来时，好运就在你身旁。尽管你今晚遭遇了绝望，但你也许一辈子都会幸福。”

“我肯定会幸福的，”布鲁斯特简单地说。“婚礼将在 7 点举行，两位先生。我本打算 9 点来你们的事务所处理一点儿业务，但我觉得，我也许根本没必要那么匆忙。然而，我会在中午前来访，获得那笔钱。顺便说一下，这是我今晚花的钱的收据。你们把它们和别的收据放在一起吧！我打算按照合约办事，而这会省了我早上按规矩呈递它们的麻烦。晚安，两位先生。我很抱歉，让你们为了我的事情熬得这么晚。”

他非常勇敢地离开了他们，但在见到他的朋友之前，他不止一次感到过虚弱。世界仿佛不是真的，而他本人则是世界上最不真实的东西。但是，夜晚的空气激励了他，帮助他唤回了他的勇气。当他在子夜 1 点走进工作室时，他已经做好准备，打算兑现他的成为“他们所有人中最快乐的家伙”的诺言。

第三十四章
最后的话

“我以后告诉你，亲爱的。”无论佩吉如何恳求，布鲁斯特就说了这么一句话。

午夜的时候，丹夫人就告诫了佩吉。“你必须回家，佩吉，亲爱的，”她说，“你待这么晚有失体统。我结婚前的那晚，我 8 点就去睡了。”

“凌晨 4 点才睡着。”佩吉笑着说。

“你完全错了，我亲爱的。我根本没睡着。可我不能让你再待了，一分钟都不行。这会让人眼睛下面出现黑眼圈，有时第二天上午眼睛还会红呢！”

“唉，亲爱的，哲学家啊，”佩吉喊道，“你真明智。你觉得我需要好好睡一觉？”

“我不想让你成为一个昏昏欲睡的美人儿，就这样。”丹夫人反驳道。

和律师度过了难熬的一个小时，蒙提回来了。人们问了他很多问题，但他很聪明，一直闪烁其词。只有佩吉一个人非要打破砂锅问到底。她压抑着自己的好奇心，直到他们走路回家时，才恳求他讲讲发生了什么事。想到这个有权期望获得公正待遇的女人，他遭受的不幸根本不算什么。他的责任很清晰，但压力太大，要顶住并不容易。

“佩吉，发生了可怕的事情。”他吞吞吐吐地说，不知道该不该讲。

“把一切都告诉我，蒙提，你相信我，我挺得住。”

“当我求你嫁给我的时候，”他语气沉重地说，“是想着我明天能让你拥有一切。我在寻求一笔财富。我从没想过让你嫁给一个乞丐。”

“我不明白。你难道想考验我对你的爱？”

“没有，宝贝，不是那个意思。可我有义务不提我盼着的那笔钱，而且我太需要你了，不想等到它到来之后。”

“它最后没来？”她问道，“我觉得这无所谓。我盼着嫁给一个乞丐，就像你说的那样。你觉得这会造成不同的结果吗？”

“可你不明白，佩吉。我现在一贫如洗。”

“我接受你时，你也是身无分文啊，”她回答说，“我不在乎，我相信你。只要你爱我，我就不会放弃你。”

“最亲爱的！”还没等蒙提说出下一句话，马车就到门口了。但是，蒙提要求车夫再绕着那个街区转一圈儿。

“晚安，我亲爱的，”等他们到家时，他说，“如果你愿意就睡到 8 点。婚礼是在 7 点举行还是在 9 点举行，都没有关系了。实际上，我有理由希望我的全部财富那时候能到来。虽然你将是我在这个世界上拥有的一切了，宝贝，但我是活着的男人里最幸福的。”

回到他的房间，布鲁斯特的压力得到了缓解。他面临着一种严峻的现实。他连衣服都没脱就扑倒在躺椅上，想知道这个世界还给他留下了什么。它至少给他留下了佩吉，他想，她就足够了。可是，这对她公平吗？他有权要求她牺牲吗？他疲惫的大脑旋转着，想找到答案。只有一件事是清晰的：他不能放弃她。一想到这里，未来就变得黯淡无光了，有了她，他可以坚持下去，但如果只有她，则是另外一回事。他可以孤注一掷，他也会为这种行为辩解。他的思绪回到了那不光彩的一年。他突然意识到，他已经丧失了那些重要的人的信任，他的肆意挥霍不会被人们认为是最佳的商业训练。这种想法激励他采取行动，他一定要证明自己，佩吉信任他。当一切对他都不利的时候，她来到了他身边。他会为了她辛勤工作，为了她含辛茹苦，会尽其所能证明她没看错他，她至少应该懂他。

他望向窗户，看见黑暗、难熬的夜正在让位于即将到来的白昼。他从躺椅上站起来，疲惫而头晕目眩。他看着太阳冉冉升起，知道无论是富有还是贫穷，愉快还是沮丧，他都漠不关心。在灰蒙蒙的光线中，5 点的钟声从远处传来。没过多久，工厂汽笛的尖叫声就开始折磨他的耳朵。虽然由于距离，这些尖叫声有些发闷，却饱含着新的一天的劳作的意义。它们在召唤他，召唤所有的穷人，去血汗工厂和锻造厂，去生活的大磨坊。新时代已经开始，曙光明亮而清晰，驱散了他心头的忧愁。他斜倚窗扉，想象着他能在哪里为过去的佩吉・格雷、将来的佩吉・布鲁斯特挣到第一个美元。他决心迎接挑战，不屈不挠，无所畏惧。

没到 7 点，他就走下楼去等待着。过了一会儿，乔・布拉格登来了，然后是加德纳和牧师。德米勒夫妇不请自来，但他们没有遭到拒绝。在被告知佩吉还在睡觉，婚礼将推迟到 9 点举行时，丹夫人貌似聪明地摇了摇头。

“蒙提，你们要离开吗？”丹把蒙提拉到一个角落里，问道。

“只是到山里待一个星期。”蒙提回答道。他突然想起了他的律师的慷慨承诺。

“你们一回来就要来看我们呀，老朋友。”德米勒说。蒙提知道，德米勒夫妇家的大门会为他敞开。

帮助佩吉打扮的荣誉落到了丹夫人身上。等到佩吉喝了咖啡准备下楼时，她的脸因为激动而微微泛红，完全忘了她在那个漫漫长夜里遭受的煎熬。

在举行婚礼那天上午，她的美无与伦比。她光彩照人，眼睛就像星星那样明亮，浑身散发着优雅和健康的气息。蒙提心里装满了对她的爱，兴高采烈。

“天呀，纽约最漂亮的女孩儿！”丹·德米勒一边激动地说着，一边抓住了布拉格登的胳膊。

“再看看蒙提！这才五分钟，他就变了个样儿，”乔补充说，“看他脸上洋溢的喜悦！天呀，他看上去开始和一年前差不多了。”

9 点的钟声响了。

“那个昨天来的男人在客厅里，要见布鲁斯特先生。”就在牧师刚说了几句话，赋予佩吉一个新姓氏几分钟后，女仆说。现场出现了片刻几乎令人恐惧的沉默。

“你说的是那个有胡子的家伙？”蒙提不安地问道。

“是的，先生。他送进来一封信，要求你立即打开阅读。”

“我要不要把他打发走，蒙提？”布拉格登有些轻蔑地说，“他在这个时候来是什么意思？”

“我还是先读一下信吧，乔。”

当布鲁斯特撕开信封时，所有人都盯着他。他的脸上出现了丰富的表情，刚开始是好奇，然后是怀疑，然后是喜悦。他把那封信扔给布拉格登，紧紧地抱住佩吉，然后松开她，发疯般地冲向客厅。

“他是‘诺珀’·哈里森！”他喊道。过了一会儿，那个高个子的来宾就被拽了进来。蒙提热烈的欢迎让“诺珀”有些吃不消。

“你真是个天使，‘诺珀’，上帝保佑你！”蒙提以令人信服的口吻强调说，“乔，朗读一下那封信，然后刊登广告，把那些波士顿猎犬买回来。”

布拉格登的手在颤抖。当他费力地辨认潦草的字迹时，他的声音有些不确定。“诺珀”·哈里森站在他身后，为的是在字迹实在难以辨认的时候，幸灾乐祸地催促他快点儿读：

霍兰德亭，9月23日

蒙哥马利·布鲁斯特先生，

我亲爱的孩子：

于是你就认为我把你坑了，是吗？你难道没想到，我来到了这儿，并且履行了我的职责？我猜我的表现像个该死的白痴，但只要一切顺利，就不会造成伤害。狼不会在你的门上啃出个大洞，我猜。这封信要介绍我的秘书，也就是奥利弗·哈里森先生。他是去年6月来找我的，在比尤特外面，简要介绍了他在山里立桩标出的一项开采权主张。他需要财务支持。他做得很漂亮，有取得成功的希望，于是我就与他合伙了。他在那上面发现了一处矿藏，出产个几百万一点儿问题都没有。不过，他好像必须分给你一半，他说你入股了。这个哈里森可真是个好人呀！我需要一个秘书、一个办事员，于是我就把他带到了我的事务所。你可以看到，他并没有像今天早上的报纸说的那样，把我带到山里谋害我。那些混账东西！我要是和比尤特的任何人都不打招呼就来东边，那是我自己的事情，和任何人无关。

我在这儿，钱也在这儿。我是昨晚来的。哈里森是从芝加哥来的，比我早一天。我今天上午8点去了格兰特－瑞普利事务所，发现他们如坐针毡。他们觉得我要么溜了，要么被杀害了。钱没了，一切都不复存在，他们就是这么想的。不要苛责他们，你也是这么想的。我决定履行遗嘱条款，亲自交付‘货物’。我把塞奇威克的东西聚到了一起，我猜我还做了很多傻事，就动身来纽约了。当你在格兰特－瑞普利事务所签署保付支票时，你会发现大约值700万美元的东西到了你的账户，我的孩子。它全在这儿，在银行里。

这是一份十分像样的结婚礼物，我猜。

律师把你的情况都对我说了。他们给我讲了昨晚的一切，还说你今天上午要结婚。到了这时候，你肯定非常幸福地和新娘在一起，我猜。我审查了你的报告，瞄了几眼收据，它们都没问题。我很满意。钱是你的了。然后，我开始想，也许你不愿意在9点的时候过来，特别是现在你还沉浸在结婚的喜悦之中。于是我和律师结算了，而他们会和你结算的。如果你今天下午2点左右没有什么特别的事情要做，我建议你来旅馆，我们一起处理一下法律要求我们履行的手续问题。你还可以就怎么花钱给我讲讲你的经验。我也有一点儿经验，说不准在哪个上午就会怀念一下。至于你作为一个商人的能力，我想说的是：只要谁一年能花掉100万，并且毫无业绩可言，那么他就不需要任何人的建议了。他自成一派，并且那是一种别人无法给予他建议的业务。我的孩子，对你的真实能力的最佳检验是你为了交税而开列你的财产的方式，那是商业精明的真正标志。如果别的一切都对你不利，那么这就是让我做出对你有利的决定的原因。

我很抱歉曾经让你为这一切担忧。你在一年里经历了太多事情。你曾经被冥王放在火上烤，打算给每个人当早餐吃。现在轮到你笑了。当他们读今天的"号外"时，他们会大吃一惊。我已经履行了我对你的义务，方式不止一种。我本人接受了报纸的采访，它们今天会刊登关于蒙哥马利·布鲁斯特和他的数百万财富的全部真相。他们已经得到了塞奇威克的遗嘱，还有我的故事。这个老城会兴奋得炸开锅的。我猜你会在世人面前得到公平，挺好的。虽然如此，如果你想过一个安静的蜜月，你最好在室内待一阵子。

我不喜欢纽约。一向都不喜欢。我今晚就回比尤特。在那里，我们有真正的摩天大楼，并且它们不是用砖盖的。

它们有两三英里那么高，里面还有金子，低地里长着真正的草，我们有真正的峡谷，让中央公园看起来根本不算什么。也许你和布鲁斯特夫人会来一次结婚旅行，那干吗不坐着我的车，和我一起向西呢？我们在下午 7:45 动身。我不会打扰你们的。然后你们爱去哪儿去哪儿。

斯威伦根·琼斯

又及：我忘了说了，根本没有戈尔登这么个人。我用我自己的钱买了你的矿山和牧场。你可以用同样的价格买回去。我建议你这么做。它们的价值在一年里就会翻一倍。我希望你能原谅一个老人的怪念头，他从一开始就喜欢你。